河出文庫

たけくらべ

現代語訳・樋口一葉

松浦理英子　藤沢周
井辻朱美　阿部和重 訳

河出書房新社

たけくらべ［現代語訳・樋口一葉］◎目次

たけくらべ　現代語訳・樋口一葉

たけくらべ

［訳・松浦理英子］

一

回ってみれば大門《おおもん》の見返り柳までの道程《みちのり》はとても長いけれど、お歯ぐろ溝《どぶ》に燈火のうつる廓《くるわ》三階の騒ぎも手に取るように聞こえ、明け暮れなしの人力車《くるま》の往来ははかり知れない繁盛を思わせて、大音寺前と名前は仏臭いけれど、それはそれは陽気な町と住んでいる人は言ったもの、三島神社《みしまさま》の角を曲がってからは家らしい家もなく、軒端《のきば》の傾く十軒長屋二十軒長屋ばかり、商いはいっこうにふるわない所だとかで半ばとざした雨戸の外に、ふしぎな恰好に紙を切り抜いて、胡粉《ごふん》をぬりたくったのはまるで色をつけた田楽《でんがく》を見るよう、裏にはっている串の様子も面白い、そういう家が一軒や二軒ではなく、朝日がのぼれば干し夕日になればかたづける手入れも大ごとで、一家中これに取り組んでそれは何なのかと尋ねれば、知らないのか十一月の酉《とり》の日に例の大鳥神社で欲の深い方々が競って買ってかつぐこれこそその熊手の下ごしらえと言う、正月の門松を取り払う頃から始めて、一年通して働くのが本当の商売人、片手間仕事でも夏から手足を絵の具で汚して、新年着《はれぎ》の支度にもこれの売り上げを当てるのだから、南無《なむ》や大鳥大明神、買う人にさえ大きな福をあたえなさるのなら製造もとのわれわれには一万倍の利益をと職人たちは口を揃えるようだけれど、そうは思い通りにならないもの、このあたりに大金持ちになった者の噂もとんと聞かなかったこと、住む人の多くは廓にかかわる者で夫は小格子《こごうし》の何とやら、下足札を揃えてたてるがらんがらんの音もいそがしいこと夕暮れから羽織を引っかけて出ようとすれば、後ろで安全を願って切火を打ちかける女房の顔もこれが見納めになりかねない十人斬りのまきぞえだとか無理心中のしそこねだとか、恨みのかかる身だから行く先はあやうく、すわと言う時には命のかかったつとめなのに遊びに行くように見えるのもおかしい、娘は大籬《おおまがき》の下新造《したしんぞ》だか、七軒の何とかいう店の客回しだかで、提燈《かんばん》提げてちょこちょこ走りの修業、卒業して何になるのかと言うと、こうであるからには檜舞台の華魁《おいらん》になるとばかり見なすのもおかしくはなかろうか、垢ぬけのした三十あまりの年増は、小ざっぱりとした唐桟《とうさん》柄の揃いに紺足袋を履いて、雪駄ちゃらちゃらといそがしげに小包を横抱きにしているのは訊くまでもなくあきらか、茶屋の桟橋をとんと鳴らして回ると遠いここからあげますると言ったりして、誂《あつら》え物の仕事屋さんとこのあたりでは呼ぶのだとか、一帯の風俗はよそとは違っていて、女で帯の後ろをきちんとした人は少なく、柄を好んで幅も広いのを結ばずに巻くふう、年増はまだよい、十五六の小癪なのが酸漿《ほおずき》を口に含んでこのなりとはと目をふさぐ人もあるだろう、場所柄しかたがない、昨日河岸《かし》の店に何とか紫という源氏名を残しても、今日は地回りの吉《きち》と馴れない焼鳥の夜店を出して、貯わえもすり減らすと再び古巣へと戻りかねないかみさまの姿が、どこやら素人よりは見ばえよく感じられて、こうした風情に染まらない子供もいない、秋は九月仁《に》和賀《わか》の頃の大路《おおじ》をごらんあれ、実によく学んだもの幇間《ほうかん》露八《ろはち》の物真似、栄喜《えいき》の所作、孟子の母が驚きもしよう上達のすみやかさ、うまいと褒められて今宵も一回りと生意気は七つ八つからつのって、やがては肩に置き手拭い、鼻歌のそそり節、十五の少年のませかたが恐ろしい、学校の唱歌にもぎっちょんちょんと拍子をとって、運動会に木やり音頭もやりかねない風情、ただでさえ教育はむずかしいのに教師の苦心はそれこそと思われる入谷《いりや》近くに育英舎といって、私立だけれども生徒の数は千人近く、狭い校舎に目白押しの窮屈さにも教師の人望がよくあらわれていて、ただ学校とひとこと言えばこのあたりではこれを指すとわかるほどのものがある、通う子供の数々のうちある者は火消鳶人足《ひけしとびにんそく》の子、おとっさんは刎橋《はねばし》の番屋にいるよと習わなくとも父の職を知るかしこさで、梯子《はしご》のりのまねでアレ忍びがえしを折りましたとつべこべ訴えて見せもする、もぐりと噂される弁護士の子もあるらしい、おまえの父《とと》さんはつけ馬だねえと言われて、その職をちゃんと言うのが子供心にも辛く顔を赤らめるしおらしさ、父の出入りする娼家の秘蔵息子が寮住まいで華族さまを気取り、ふさ付き帽子にゆとりの面《おも》もちで洋服をさっそうと着てはなばなしいのを、坊ちゃん坊ちゃんと言ってこの子が追従《ついしょう》するのもおかしい、多くの子供の中に龍華寺《りゅうげじ》の信如《しんにょ》といって、千筋の黒髪もあと何年の命なのか、というのはやがては袖の色を僧侶の墨染《すみぞ》め色に替えるはずだからで、しかし発心《ほっしん》は腹からのものかどうか、坊主になるのは親の跡継ぎの勉強家がある、生来おとなしいのを友達が気味悪く思って、さまざまの悪戯をしかけ、猫の死骸を縄にくくりつけてお役目なのですから引導をたのみますと投げつけたこともあったが、それは昔のこと、今は校内一の人だというわけで間違っても侮った振舞いはされなかったもの、年は十五、並みの背丈でいが栗の頭も心なしか世俗のものとは違っていて、藤本信如《のぶゆき》と訓読みで通しているが、どこやら釈の一門と言いたげな素振りである。

二

八月二十日は千束神社の祭ということで、山車屋台《だしやたい》に町々が見栄をはって土手をのぼり廓内《なか》までも入り込まんばかりの勢い、ここに若者の意気込みが察せられるはず、聞きかじることが多くて世間ずれしているせいで子供といっても油断のならないこのあたりのことだから、揃いの浴衣は言うまでもなく、めいめいに申し合わせて生意気の限りを尽くし、その様子を聞けば肝《きも》もつぶれるに違いない、横町組と自ら定める乱暴者のがき大将に頭《かしら》の長《ちょう》といって年も十六、仁和賀の鉄棒《かなぼう》役を親父《おやじ》の代理でつとめてから気位が高くなって、帯は腰の先に巻くもの、返事は鼻の先でするものと決め、憎らしい風体、あれが頭の子でなければばと鳶人足の女房の陰口にのぼる者があり、思う存分にわがままを通して分不相応に幅をきかせるようになっていたが、表町に田中屋の正太郎という年は自分より三つ下だけれども、家に金があり本人に愛敬があるので人に憎まれないまさしく敵《かたき》がいる、自分は私立の学校に通っているのだが、あちらは公立だからといって同じようにうたっている唱歌もあちらの方が本家だというふうな顔をしやがるし、去年も一昨年《おととし》もあちらには大人の取り巻きがついて、祭の趣向もこちらよりはなやかに仕立て、喧嘩をふっかけにくいようになっていたもの、今年の祭でもまた負けになったら、誰だと思う横町の長吉だぞと言っている普段の力自慢は空《から》いばりとけなされて、弁天堀で水泳する時にも自分の組になる人は多くあるまい、腕力を言えば自分の方がつよいけれど、田中屋の人あたりのよさにごまかされたり、また一つには勉強ができるのを恐れたりして、こちらの横町組の太郎吉、三五郎などが、事実上はあちら側についたのも口惜しい、祭は明後日《あさって》、いよいよこちら側が負けそうだと思ったら、破れかぶれに暴れて暴れて正太郎の面《つら》に疵《きず》の一つもつけてやる、自分も片眼片足くらいなくす覚悟ならわけはない、加勢するのは車屋の丑《うし》に元結《もとゆい》よりの文《ぶん》、玩具屋《おもちゃや》の弥助《やすけ》などがいれば引けは取るまい、おおそれよりはあの人のことあの人のこと、藤本ならばいい知恵も貸してくれようというわけで、十八日の暮れちかく、ものを言おうとすれば眼口にうるさく飛んで来る蚊を払いながら竹藪しげる龍華寺の庭先から信如の部屋へのそりのそりと向かい、信《のぶ》さんいるかと顔を出したのだった。

俺のすることは乱暴だと人が言う、乱暴かも知れないが口惜しいものは口惜しいや、なあ聞いとくれ信さん、去年も俺のところの末弟《すえ》の奴と正太郎組のちび野郎と万燈《まんどう》のたたき合いから始まって、それっと言うと奴の仲間がばらばらと飛び出しやあがって、どうだろう小さな者の万燈をぶちこわしちまって、胴上げにしやがって、見やがれ横町のざまをと一人が言うと、間抜けの背の高い大人のような面《つら》をしている団子屋の頓馬が、頭《かしら》なんかじゃあるものか尻尾《しっぽ》だ尻尾だ、豚の尻尾だなんて悪口《あっこう》を言ったとさ、おらあその時千束様へねり込んでいたもんだから、あとで聞いた時すぐさま仕返しに行こうと言ったら、父《とっ》さんに頭から小言を喰ってその時も泣き寝入り、一昨年《おととし》はそらね、おまえも知ってる通り筆屋の店へ表町の若い衆が寄り合って茶番か何かやったろう、あの時俺が見に行ったら、横町は横町の趣向がありましょうなんて、おつなことを言いやがって、正太ばかり客にしたのも胸にあるわな、いくら金があるたって質屋のくずれの高利貸が何て態度だ、あんな奴を生かしておくよりたたき殺す方が世間のためだ、おいらあ今度の祭にはどうしても乱暴にしかけて取りかえしをつけようと思うよ、だから信さん友達がいに、それはおまえが厭だと言うのも知れてるけれどもどうぞ俺の肩を持って、横町の恥をすぐのだからね、おい、本家本元の唱歌だなんていばりよる正太郎をとっちめてくれないか、俺が私立の寝ぼけ生徒と言われればおまえのことも同然だから、後生《ごしょう》だ、どうぞ、助けると思って大万燈《おおまんどう》を振り回しておくれ、俺はしんから底から口惜しくって、今度負けたら長吉の立場はないと無茶に口惜しがって幅の広い肩をゆすった長吉。だって僕は弱いもの。弱くてもいいよ。万燈は振り回せないよ。振り回せなくてもいいよ。僕が入ると負けるがいいかえ。負けてもいいのさ、それはしかたがないと諦めるから、おまえは何もしないでいいからただ横町の組だという名目で、いばってさえくれると派手に気勢が上がるからね、俺はこんなわからずやだのにおまえは学《もの》ができるからね、向こうの奴が漢語か何かで冷やかしでも言ったら、こっちも漢語でやり返しておくれ、ああいい心持ちださっぱりしたおまえが承知をしてくれればもう千人力《せんにんりき》だ、信さんありがとうといつもはない優しい言葉も出るものである。

一人は三尺帯に突っかけ草履の職人の息子、一人はかわ色金巾《かなきん》の羽織に紫の兵子帯《へこおび》という坊様仕立て、思うことはうらはらで、話は常に喰い違いがちだけれど、長吉は自分の寺の門前に産声を上げた者と大和尚《だいおしよう》夫婦がひいきをするのもあり、同じ学校へ通っていれば公立の連中に私立私立とけなされるのも不愉快な上に、元来愛敬のない長吉だから心から味方につく者もない哀れさもある、向こうは町内の若い衆まで尻押しをしていて、ひがみではなく長吉が負けを取ることも罪は田中屋の方に少なくない、見込んで頼まれた義理としても厭とは言いかねて信如は、それではおまえの組になるさ、なると言ったら嘘はないが、なるべく喧嘩はせぬ方が勝ちだよ、いよいよあっちが先に売って来たらしかたがない、なにいざと言えば田中の正太郎ぐらい小指の先さと、自分の力のないのは忘れて、信如は机の抽斗《ひきだし》から京都みやげに貰った、小鍛冶《こかじ》の小刀を取り出して見せると、よく切れそうだねえと覗き込む長吉の顔、あぶないこれを振り回してなることか。

三

解けば足にもとどくに違いない髪を、根あがりに堅くつめて前髪大きく髷《まげ》重たげな、赭熊《しゃぐま》というその結いかたの名は恐ろしいけれど、これをこの頃の流行《はやり》だといってよい家の令嬢《むすめご》もなさることよ、色白く鼻筋通って、口もとは小さくないけれど締まっているので醜くはなく、一つ一つを取り上げると美人の鑑《かがみ》には遠いけれど、もの言う声の細くすずしいことや、人を見る目に愛敬があふれていて、身のこなしのいきいきしているのは快いものである、柿色に蝶鳥を染めた大柄の浴衣を着て、黒繻子《くろじゅす》と染分《そめわけ》絞りの昼夜帯《ちゅうやおび》を胸高に締め、足にはぬり木履《ぼくり》のここらあたりにも多くは見かけない高いのを履き、朝湯の帰りに白白とした頸筋に手拭いを提げた立姿を目にすると、もう三年あとに見たいと廓がえりの若者は言ったもの、それは大黒屋の美登利といって生まれは紀州、言葉がいささか訛《なま》っているのも可愛く、第一には気前のいい気性を喜ばない人はいない、子供に似合わない銀貨入れの重さも道理、姉にあたる人が全盛の華魁なのでそのおこぼれ、さらには遣手《やりて》新造《しんぞ》が姉への機嫌取りにも、美《み》いちゃん人形をお買いなされ、これはほんの手鞠代と、くれるのに恩を着せないので貰う方はありがたくも感じず、ばらまくはばらまくは、同級の女生徒二十人に揃いのごむ鞠を与えたのは序の口、馴染みの筆屋に店《たな》ざらしになっていた玩具を買い占めて喜ばせたこともある、それでも毎日毎日の散財がこの年この身分でできるはずもなく、末はいったい何になる身なのか、両親がありながら大目に見て荒い言葉をかけたこともなく、華魁楼の主《あるじ》がこの子を大切がるさまも怪しいところを、聞けば養女でもなく親戚でももとよりなく、姉にあたる人が身売りした当時、鑑定《めきき》に来た楼の主に誘われるままに、この土地で暮らしを立てたいと思った親子三人が旅姿で、やって来たのはこういうわけ、それ以上に立ち入れば何があるのか、ともかく今は寮のあずかりをしながら母は遊女の仕立物、父は小格子の書記になっているもの、この美登利は遊芸手芸学校にも通わされて、そのほかは思いのまま、半日は姉の部屋、半日は町に遊んで見聞きするのは三味線に太鼓に朱《あけ》や紫の着物の色柄具合、移って来た初めは藤色絞りの半襟を袷《あわせ》にかけて着て歩いた折りに、田舎者田舎者と町内の娘どもに笑われたのを口惜しがって、三日三晩泣き続けたこともあったが、今は自分から人々を嘲って、野暮な姿とむき出しの憎まれ口を叩いても、言い返す者もいなくなった次第、二十日はお祭だから思い切り面白いことをしてと友達がせがむのに応えて、趣向は何でもめいめいで工夫して大勢の楽しめることがいいではないか、いくらでもいい私が出すからと例によって勘定も気にせず引き受ければ、子供仲間の女王様のまたとあるまいお恵みは子供には大人よりも利き目《き》が早く、茶番にしよう、どこかの店を借りて往来から見えるようにしてと一人が言えば、馬鹿を言え、それよりはお神輿《みこし》をこしらえておくれな、蒲田屋《かばたや》の奥に飾ってあるような本当のを、重くてもかまいはしない、やっちょいやっちょいわけなしだと捩《ねじ》鉢巻《はちまき》をする男の子するとそばから、それでは私たちがつまらない、みんなが騒ぐのを見るばかりでは美登利さんだって面白くはあるまい、何でもおまえのいいものにおしよと、女の一群れは祭を抜きに常盤座《ときわざ》をと、言いたげな口振りがおかしい、田中の正太は可愛らしい眼をぐるぐると動かして、幻燈にしないか、幻燈に、俺のところにも少しはあるし、足りないのを美登利さんに買って貰って、筆屋の店でやろうではないか、俺が映し手で横町の三五郎に口上を言わせよう、美登利さんそれにしないかと言うと、ああそれは面白かろう、三ちゃんの口上ならば誰だって笑わずにはいられまい、ついでにあの顔がうつるとなお面白いと相談はととのって、不足の品は正太が買物役になり、汗だくになって飛び回るのもおかしく、いよいよ明日が祭という日になると横町までもその評判は伝わったのだった。

四

打つ鼓の調べ、三味の音色に事欠かない場所でも、祭はまた別のもの、酉の市を除いては一年に一度の賑わいなのだから、三島様に小野照《おのてる》様、お隣《となり》社同士おのずと負けまいとする競い心がおかしく、横町も表町も同じに揃えた真岡木綿に町名をくずし字で入れた浴衣を、去年のよりはよくない柄とつぶやく人もあったこと、くちなし染めの麻襷《あさだすき》はなるべく太いのを好んで、年が十四五より下の子供は、達磨《だるま》、木菟《みみ》、犬はり子と、さまざまな玩具を数の多いほど自慢にして、七つ九つ十一つける者もあり、大鈴小鈴を背中でがらがらいわせて、駆け出す足袋裸足姿は勇ましくもおかしい、群れを離れた田中の正太は赤筋入りの印半天《しるしばんてん》、色白の頸筋に紺の腹掛け、これはまた見馴れないいでたちと思うと、しごいて締めた帯の水浅黄も、見るがいい縮緬《ちりめん》の上染《じょうぞ》め、襟の印の染め上がりも際立っていて、後ろ鉢巻に山車《だし》の花一枝、革緒の雪駄の音ばかりがするが、馬鹿ばやしの仲間には入っていなかったこと、宵宮《よいみや》は何事もなく過ぎて今日の日も時は夕暮れ、筆屋の店に集まったのは十二人、一人来ていない美登利の夕化粧の長さに、まだかまだかと正太は門を出ては入りながら、呼んで来い三五郎、おまえはまだ大黒屋の寮へ行ったことがあるまい、庭先から美登利さんと言えば聞こえるはず、早く、早くと言うので、三五郎はそれならば俺が呼んで来る、万燈はここへあずけて行けば誰も蠟燭《ろうそく》ぬすむまい、正太さん番をたのむと応じていたら、けちな奴め、そうしている間に早く行けと自分の年下に叱られて、おっと来たさの次郎左衛門、今こそと駆け出して韋駄天《いだてん》とはこれのことか、あれあの飛びようがおかしいと言って見送った娘どもが笑うのも無理はない、横太りして背がひくく、頭の形は才槌がたで頸みじかく、振り向いた顔を見れば出額《でびたい》の獅子っ鼻、反歯《そっぱ》の三五郎という仇名も思い起こせるだろう、色は全く黒いが感心なのは目つきがどこまでもおどけて両頬の笑くぼに愛敬のあること、目かくしの福笑いに見るような眉のつきかたも、それはそれはおかしく罪のない子である、貧しいのか阿波縮みの筒袖を着て、俺は揃いが間に合わなんだと事情を知らない友達には言ったりする、自分を先頭に六人の子供を、養う親も梶棒にすがる人力車夫の身、五十軒をよい得意先にしているけれども、家計は商売物の車とは別の火の車なのはしかたがなく、十三になったら稼ぎの片腕にと一昨年から並木の活版所へも通ったが、怠け者なので十日の辛抱がつづかず、一月《ひとつき》と同じ職をつとめたことがなくて十一月から春にかけては突羽根《つくばね》つくりの内職、夏は検査場《けんさば》の氷屋の手伝いをして、呼び声おかしく客を引くのが上手なので、人には重宝がられたもの、去年は仁和賀の屋台引きに出たことから、友達がいやしがって万年町の呼名が今も残っているけれども、三五郎といえばおどけ者と承知して憎む者がないのも一つの徳であったこと、田中屋は自分の命の綱、親子がこうむる御恩は少なくない、日歩《ひぶ》などといって利子の安くない借金だけれども、これなしではやっていかれない金主《きんしゅ》様を悪く思えるだろうか、正太に三公俺の町へ遊びに来いと呼ばれれば厭とは言えない義理がある、とはいえ自分は横町に生まれて横町に育った身、住む地所は龍華寺のもの、家主は長吉の親だから、表むきあちらにそむくことはできない、自分の事情でこっちの用をたして、にらまれる時の役回りはつらい。正太は筆屋の店先に腰をかけて、待つ間の退屈しのぎに忍ぶ恋路を小声でうたえば、あれ油断がならないとかみさまに笑われて、何とはなしに耳の根が赤くなり、照れ隠しの高声でみんなも来いと呼んで表に駆け出した出会い頭に、正太は夕飯《ゆうめし》を何故食べない、遊びに呆けてさっきから呼ぶのも気がつかないのか、どなたもまたのちほど遊ばせてくだされ、これはお世話様と筆屋の妻にも挨拶しての、祖母《ばば》じきじきの迎えに厭と言えず、そのまま連れて帰られた後は急に淋しくなり、人数はさほど変わらないのにあの子がいなければ大人までも淋しい、馬鹿騒ぎもしなければ冗談も三ちゃんのようではないけれど、人好きのするのは金持ちの息子さんには珍しい愛敬のせい、どうごらんになったか田中屋の後家様のいやらしさを、あれで年は六十四、白粉をつけないのがまだ救いだけれどあの丸髷の大きさ、猫なで声出して人の死ぬのもかまわない、おおかたおしまいは金と心中なさるんじゃないか、それでもこちらどもの頭が上がらないのは例のあの物の御威光、それでもあれはほしいもの、廓内《なか》の大きい楼《うち》にもだいぶの貸付けがあるらしゅう聞きましたと、大路に立って二三人の女房がよその財産を勘定したのだった。

五

待つ身につらい夜半の置炬燵、それは恋というものよ、吹く風すずしい夏の夕暮れ、昼の暑さを風呂に流して、身づくろいに姿見の前、母親が手づからほつれた髪をととのえ、我が子ながら美しいのを立っては見、座っては見、頸筋の白粉が薄かったとなおも言っていたこと、単衣《ひとえ》は水色友禅がすずしげで、白《しら》茶《ちゃ》金らんの丸帯の少し幅の狭いのを結ばせて庭石の上に下駄を揃えるまでに時は随分過ぎたのだった。まだかまだかと塀のまわりを七たび回り、あくびもし尽くして、払おうとしても名物の蚊に頸筋と言わず額際と言わずしたたかにさされ、三五郎が弱り切った時、美登利が出て来てさあと言うので、こちらは言葉もなく美登利の袖を捉えて駆け出せば、息がはずむ、胸が痛い、そんなに急ぐのならこっちは知らない、おまえ一人でお行きと怒られて、別れ別れに到着すれば、筆屋の店に来た時は正太の夕飯のさいちゅうらしかった。ああ面白くない、面白くない、あの人が来なければ幻燈を始めるのも厭、おばさんここの家では知恵の板を売っていませんか、十六武蔵でも何でもよい、手持ち無沙汰で困ると美登利が淋しがれば、それよと即座に鋏を借りて娘らは切り抜きにかかる、男は三五郎を中心に仁和賀のおさらい、北廓《ほっかく》全盛見渡せば、軒は提燈電気燈、いつも賑わう五丁町と声を合わせておかしくはやし立てるが、もの覚えがよいので去年一昨年とさかのぼって確かめても、手振り手拍子が一つも変わっていない、浮かれ立った十人あまりの騒ぎだから何事かと門に人垣ができたのだがその中から、三五郎はいるか、ちょっと来てくれ大急ぎだと、文次という元結《もとゆい》よりが呼ぶので、三五郎が何の疑いもなくおいしょ、よし来たと身軽に敷居を飛び越えた時、この二股野郎覚悟をしろ、横町の面《つら》よごしめただでは置かぬ、誰だと思う長吉だふざけくさった真似をして後悔するなと頰骨への一撃、あっと驚いて逃げようとする襟足を、つかんで引き出すのは横町の一群れ、それ三五郎をたたき殺せ、正太を引き出してやってしまえ、弱虫逃げるな、団子屋の頓馬もただでは置かぬと潮《うしお》のように沸きかえる騒ぎ、筆屋の軒の掛提燈は苦もなくたたき落とされて、釣りらんぷがあぶない店先の喧嘩はなりませぬと女房が喚くのを聞くはずもなく、人数はおよそ十四五人、捩鉢巻に大万燈を振り立てて、手当たり次第の乱暴狼藉、土足で踏み込む傍若無人、目ざす敵《かたき》の正太が見えないと、どこへ隠した、どこへ逃げた、さあ言わぬか、言わぬか、言わさずにおくものかと三五郎を取り囲んで打つやら蹴るやら、美登利は口惜しくて止める人を掻きのけ、これおまえがたは三ちゃんに何の罪がある、正太さんと喧嘩がしたければ正太さんとするがいい、逃げもしなければ隠しもしていない、正太さんはいないではないか、ここは私の遊び場、おまえがたに指でもささしはせぬ、ええ憎らしい長吉め、三ちゃんを何故ぶつ、あれまた引き倒した、恨みがあるなら私をおぶち、相手には私がなる、おばさん止めずにくだされと身もだえして罵ると、何を女郎め大口たたく、姉の跡継ぎの乞食め、てめえの相手にはこれが相応だと大勢の後ろから長吉が、泥草履つかんで投げつければ、ねらいは違《たが》わず美登利の額際にむさ苦しい物がしたたかに当たる、血相変えて立ち上がる美登利を、怪我でもしてはと抱き留める女房、ざまを見ろ、こっちには龍華寺の藤本がついているぞ、仕返しにはいつでも来い、薄馬鹿野郎め、弱虫め、腰ぬけの意気地なしめ、帰りには待ち伏せする、横町の闇に気をつけろと長吉らが三五郎を土間に投げ出すと、ちょうど靴の音がして誰かが交番に知らせたものと今わかる、それっと長吉が声をかければ丑松文次そのほかの十人あまり、めいめい方角を変えてばらばらと逃げる足の早いこと、抜け裏の路地にかがんだ者もあるに違いない、三五郎はといえば口惜しい口惜しい口惜しい口惜しい、長吉め文次め丑松め、何故俺を殺さぬ、殺さぬか、俺も三五郎だ、ただ死ぬものか、幽霊になっても取り殺すぞ、覚えていろ長吉めと湯玉のような涙をはらはら、はては大声にわっと泣き出す、体中さぞ痛いだろう筒袖はところどころ引き裂かれて背中も腰も砂まみれ、乱暴を止めようにも止めかねて勢いの凄まじさにただおどおどと気を呑まれていた、筆屋の女房が走り寄って抱き起こし、背中をなで砂を払い、堪忍おし、堪忍おし、何といってもむこうは大勢、こっちはみんな弱い者ばかり、大人でさえ手を出しかねたのにかなわないに決まっている、それでも怪我のないのは幸せ、この後は途中の待ちぶせがあぶない、幸いいらした巡査様《おまわり》に家まで守っていただけば自分たちも安心、この通りのわけでございますからといきさつをざっとやって来た巡査に語ると、仕事柄だからさあ送ろうと巡査に手を取られた三五郎は、いえいえ送ってくださらずとも帰ります、一人で帰りますと小さくなるので、こりゃ恐いことはない、おまえさんの家まで送るだけのこと、心配するなと微笑を含んで頭をなでられたのだがいよいよ縮こまって、喧嘩をしたと言うと父《とっ》さんに叱られます、あの頭《かしら》の家はうちの大家さんでございますからと言ってしおれるのを宥めて、では門口まで送ってやる、叱られるようなことはせぬわということで連れられて行ったのをあたりの人は胸をなでおろして遠くに見送っていたら、どうしたのか横町の角で巡査の手を振り放して一目散に逃げてしまったのだった。

六

めずらしいこと、この炎天に雪が降りはせぬか、美登利が学校を厭がるとはよくよくの不機嫌、朝飯《あさはん》がすすまないなら後で鮨《やすけ》でも取り寄せようか、風邪にしては熱もないのでおおかた昨日《きのう》の疲れと見える、太郎様への朝参りは母《かか》さんが代理してやるから勘弁して貰えと母親は言ったのだが、いえいえ姉さんが繁盛するようにと私が願をかけたのだから参らねば気がすまない、お賽銭くださされ行って来ますと家を駆け出して、中田圃《なかたんぼ》の稲荷で鰐口を鳴らし手を合わせ、願いは何なのか行きも帰りも首うなだれて畔道づたいに帰って来る美登利の姿、それを見て遠くから声をかけ、正太は駆け寄って袂を押さえ、美登利さんゆうべは御免よとだしぬけに謝ると、美登利は答えて何もおまえに詫びられることはない。それでも俺が憎まれて、俺が喧嘩の相手だもの、お祖母《ばあ》さんが呼びにさえ来なければ帰りはしない、そんなに無闇に三五郎をも打たしはしなかったものを、今朝三五郎の所へ見に行ったら、あいつも泣いて口惜しがった、俺は聞いてさえ口惜しい、おまえの顔へ長吉め草履を投げたというではないか、あの野郎乱暴にもほどがある、だけれど美登利さん堪忍しておくれよ、俺は知りながら逃げていたのではない、飯をかっ込んで表へ出ようとするとお祖母《ばあ》さんが風呂に行くと言う、留守番をしているうちの騒ぎだろう、本当に知らなかったのだからねと、自分の罪のように平謝りに謝って、痛みはしないかと額際を見上げれば、美登利はにっこり笑ってなに怪我をするほどではない、だけど正さん誰が聞いても私が長吉に草履を投げられたと言ってはいけないよ、もしひょっとお母《つか》さんが聞きでもすると私が叱られるから、親でさえ頭《つむり》に手は上げぬものを、長吉なんぞの草履の泥を額にぬられては踏まれたも同じだからと言って、顔をそむけるさまがいとおしく、正太はほんとに堪忍しておくれ、みんな俺が悪い、だから謝る、機嫌を直してくれないか、おまえに怒られると俺が困るのだからと話していたのだが、いつの間にか自分の家の近くに来ると、寄らないか美登利さん、誰もいはしない、お祖母《ばあ》さんも日がけを集めに出たろうし、俺ばかりで淋しくてならない、いつか話した錦絵を見せるからお寄りな、いろいろなのがあるから、と袖を捉えて離れないものだから、美登利は無言でうなずいて、もの淋しげな折戸の庭口から入ると、中は広くはないけれども鉢ものをうまく並べて、軒には釣り忍艸《しのぶ》、これは正太の午《うま》の日の買物と思われたこと、わけを知らない人は小首をかしげるだろう町内一の財産家《ものもち》というのに、家族は祖母《ばば》とこの子の二人、一万個ほどの鍵を下げて下腹を冷やしていながら留守の時はまわりがすべて長屋なので、さすがにこの家の錠前をくだく者もなかったということ、正太は先に上がって風通しのよい所を見つくろい、ここへ来ないかと団扇も出す気の遣いよう、十三の子供にしてはませ過ぎていておかしい。古くから持ち伝えた錦絵の数々を取り出し、褒められるのを嬉しく思い美登利さん昔の羽子板を見せよう、これは俺の母《かか》さんがお屋敷に奉公している頃いただいたのだとさ、おかしいではないかこの大きいこと、人の顔も今のとは違うね、ああこの母《かか》さんが生きているとよいが、俺が三つの年に死んで、お父《とっ》さんはあるけれど田舎の実家へ帰ってしまったから今はお祖母《ばあ》さんばかりさ、おまえは羨ましいねとやたらに親のことを言い出すと、それ絵がぬれる、男が泣くものではないと美登利に言われて、俺は気が弱いのかしら、時々いろいろなことを思い出すよ、まだ今時分はいいけれど、冬の月夜なんかに田町あたりを集めに回ると土手まで来て幾度も泣いたことがある、なに寒いくらいで泣きはしない、何故だか自分でもわからないがいろいろなことを考えるよ、ああ一昨年《おととし》から俺も日がけの集めに回るさ、お祖母《ばあ》さんは年寄りだから集めるにも夜はあぶないし、目が悪いから印鑑を押したりなんかするのに不自由だからね、今まで幾人も男を使ったけれど、老人に子供だから馬鹿にして思うようには動いてくれぬとお祖母《ばあ》さんが言っていたっけ、俺がもう少し大人になると質屋を出さして、昔の通りでなくとも田中屋の看板を掛けると楽しみにしているよ、よその人はお祖母《ばあ》さんをけちだと言うけれど、俺のためにつましくしてくれるのだから気の毒でならない、集めに行くうちでも通新町《とおりしんまち》やなにかに随分かわいそうなのがあるから、さぞお祖母《ばあ》さんを悪く言うだろう、それを考えると俺は涙がこぼれる、やはり気が弱いのだね、今朝も三公の家へ取りに行ったら、奴め身体が痛い癖に親父に知らすまいとして働いていた、それを見たら俺は口がきけなかった、男が泣くてえのはおかしいではないか、だから横町の野蛮人《じゃがたら》に馬鹿にされるのだと言いかけて自分が弱いのが恥かしそうな顔色、何ということもなく、美登利と見合わす目つきの可愛さ。おまえの祭の時の姿《なり》はたいそうよく似合って羨ましかった、私も男だとあんなふうがしてみたい、誰のよりもよく見えたと褒められて、何だ俺なんぞ、おまえこそ美しいや、廓内《なか》の大巻《おおまき》さんよりも奇麗だと皆が言うよ、おまえが姉であったら俺はどんなに肩身が広かろう、どこへ行くにもついて行って大いばりにいばるがな、一人もきょうだいがないからしかたがない、ねえ美登利さん今度一緒に写真を撮らないか、俺は祭の時の姿《なり》で、おまえは透綾《すきや》のあら縞で粋なありをして、水道尻の加藤でうつそう、龍華寺の奴が羨ましがるように、本当だぜあいつはきっと怒るよ、真青になって怒るよ、にえ肝《かん》だからね、赤くはならない、それとも笑うかしら、笑われてもかまわない、大きく撮って看板に出たらいいな、おまえは厭かえ、厭のような顔だものと恨めしがるようなのもおかしく、変な顔にうつるとおまえに嫌われるからと言って美登利はふき出して、高笑いする美しい声音に御機嫌が直ったとわかる。

朝のすずしさはいつしか過ぎて日ざしが暑くなったので、正太さんまた晩によ、私の寮へも遊びにおいでな、燈籠ながして、お魚追いましょ、池の橋が直ったから恐いことはないと言い置いて立って行く美登利の姿、正太は嬉しげに見送って美しいと思ったものだった。

七

龍華寺の信如、大黒屋の美登利、二人ともに学校は育英舎である、先の四月の末の時期、桜は散って青葉のかげに藤の花見という頃、春季の大運動会を水の谷《や》の原で催したことがあったが、つな引き、鞠なげ、縄とびの遊びに盛り上がって長い日の暮れるのを忘れたその折りのことだという、信如はどうしたのか平生の落ちつきに似合わず、池のほとりの松の根につまずいて赤土道に手をついたため、羽織の袂も泥まみれになって見苦しいのを、居合わせた美登利が見かねて自分の紅の絹はんけちを取り出し、これでお拭きなされと介抱をしたところ、友達の中のやきもち焼きが見つけて、藤本は坊主の癖に女と話をして、嬉しそうに礼を言ったのはおかしいではないか、おおかた美登利さんは藤本のかみさんになるのであろう、お寺のかみさんなら大黒様と言うのだなどと騒ぎ立てた、信如は元来こういうことを人について聞くのも嫌いで、苦い顔をして横を向く質《たち》だから、自分のこととして聞いては我慢できるはずがない、それからは美登利という名前を聞くたびに恐ろしく、また友達があいうことを言い出すかと胸の中がもやくやして、何とも言えない厭な気持ちである、しかしながらことあるごとに怒りつけるわけにもゆかないので、できる限り知らないふりをして、平気を装って、むずかしい顔をしてやり過ごすつもりなのだが、さし向かいでものなどを尋ねられた時のまごつくこと、たいていは知りませぬのひとことですませるけれども、苦しい汗が体中に流れて心細い思いである、美登利はそんなことも気がつかないから、初めは藤本さん藤本さんと親しく話しかけ、学校が終わっての帰りがけに、自分が一足先を歩いていて道端に珍しい花などを見つけたりすると、遅れて来る信如を待って、こんな美しい花が咲いているのに、枝が高くて私には折れない、信《のぶ》さんは背が高いからお手が届きましょ、後生だから折ってくだされと一群れの中では年かさなのを目に留めて頼むので、さすがに信如は袖を振り切って行き過ぎることもできず、そうはいっても人の思惑はいよいよつらいため、手近の枝を引き寄せてよしあしをかまわず申しわけばかりに折って、投げつけるようにすたすたと行き過ぎるその態度を、何とも愛敬のない人と呆れたこともあったが、たびかさなって来るとしまいにはおのずとわざとの意地悪のように感じられて、ほかの人にはそうでもないのに自分にばかりつらい仕打ちを見せ、ものを尋ねればろくな返事をしたこともなく、そばへ行けば逃げる、話をすれば怒る、陰気臭い気がつまる、どうしたらよいのか機嫌の取りようもない、あのような気むずかしやは思い切りひねくれて怒って意地悪がしたいのだろうから、友達と思わなければ口をきくこともないと美登利は少し癇《かん》にさわって、用がない折りにはすれ違ってものを言ったことがなく、途中で逢ったところで挨拶など思いもよらず、ただいつとなく二人の間に大きな川が一つ横たわって、舟も筏もここには御法度《ごはっと》とばかりに、岸に沿って思い思いの道を歩くのだった。

祭は昨日のこととなったそのあくる日から美登利の学校通いがふっと途絶えたのは、訊くまでもなく額に泥をつけられたことの洗っても消えない恥辱を、身にしみて口惜しく思うからに決まっている、表町でも横町でも同じ教室におし並べば朋輩に変わりはないはずなのに、おかしな分け隔てで常日頃から意地を持ち、自分が女ということで、とてもかなわない弱みにつけ込んで、祭の夜の仕打ちはどんなに卑怯だったか、長吉のわからずやは誰もが知るきわめつけの乱暴者だけれど、信如の尻押しがなければあれほどに思い切って、表町を荒らせないだろう、人前では物知りらしく素直さをつくろって、陰に回ってからくりの糸を引いたのは藤本のしわざに決まっている、たとえ学年は上でも、勉強はできても、龍華寺様の若旦那でも、この大黒屋の美登利は紙一枚のお世話にもなっていないものを、あのように乞食呼ばわりして貰う恩はない、龍華寺はどれほど立派な檀家があるのか知らないけれど、自分の姉《あね》様の三年の馴染みには銀行の川様、兜町の米《よね》様もいて、議員の短小《ちい》様は身請けして奥様にとおおせられたのに、心意気が気に入らなかったので姉様は嫌ってお受けしなかったのだが、あの方だって世間に名高いお人と遣手衆が言ったもの、嘘と思うなら聞いてみろ、大黒屋に大巻がいなければあの楼は闇という評判、だからお店の旦那だって父《とと》さんと母《かか》さんとこの自分をいい加減にはなさらない、常々大切がって床の間にお据えなさっている瀬戸物の大黒様を、自分がいつだったか座敷の中で羽根をつこうとして騒いだ時、同じように並んだ花瓶を倒して、さんざんに疵をつけたのに、旦那は次の間でお酒を召し上がりながら、美登利お転婆《てんば》が過ぎるのうと言われただけで小言はなかったもの、ほかの人がやったのなら一通りの怒りではすまなかっただろうと、女衆たちにあとあとまで羨まれたのも煎じ詰めれば姉様の威光なのだから、自分は寮住まいなので人の留守番はしているけれども姉は大黒屋の大巻、長吉ふぜいに引けを取るような身ではない、龍華寺の坊様にいじめられるのは心外と、この先学校へ通うことが面白くなく、わがままの本性をあなどられた口惜しさに、石筆を折り墨を捨て、本も算盤《そろばん》もいらない物として、仲のよい友達ととりとめもなく遊ぶのだった。

八

走れ飛ばせの夕べの活気とは打って変わって、明けがたの別れにも覚め切らぬ夢を乗せて行く車の淋しさよ、帽子をまぶかにおろし人目を嫌う殿方もあり、手拭いで頬かむりをし、女《あれ》が別れぎわによこした名残りの一打ちの、痛さを身にしみて思い出せば思い出すほど嬉しく、うす気味悪いことよにたにた笑いの顔もある、坂本通りに出たら用心しなされ千住帰りの青物車でお足元があぶない、三島様の角までは気違い街道、行く殿方のお顔のしまりはいずれも緩んで、はばかりながらお鼻の下を長々とお見せになっていると、そんじょそこらではそもそも大した紳士であっても、これではほとんど値打ちもないと、辻に立って御無礼なことを申す者もあったこと、楊家《ようか》の娘君寵をうけてと長恨歌《ちょうごんか》を持ち出すまでもなく、娘はいずこでも貴重がられる頃だけれども、このあたりの裏屋からかぐや姫が生まれることの例は多いもの、築地の某置屋に今は移って御《ご》前《ぜん》様方のお相手をつとめる、踊りに才のある雪という美人は、ただ今のお座敷でお米のなります木はと至極《しごく》あどけないことを言っていても、もとはここの巻帯党で花がるたの内職をしていた者である、評判はその頃に高かったもので去る者は日々に疎しというならわしの通り、名物が一つ忘れ去られると二度目の花となったのは紺屋の妹娘、今千束町で新つた屋の御神燈をいただいて小吉《こきち》と呼ばれている公園の貴重物《まれもの》も産地は同じここの土であったもの、噂の絶えない中でも御出世というのは女に限ったことで、男はごみの山をさがす黒斑《くろぶち》の尻尾の畜生のように、いても用のないものとも見えよう、この界隈で若い衆と呼ばれる町並みの息子らは、生意気盛りの十七八から五人組七人組となり、腰に尺八をさす伊達さはないけれど、何かしらいかめしい名の親分の手下について、揃いの手拭いに長提燈姿、さいころを振ることを覚えないうちは冷やかしに出かけた格子先で思い切っての冗談も言いづらいという、自分の家業を真面目につとめるのは昼のうちばかり、一風呂浴びて日が暮れれば突っかけ下駄に七五三の着物で、どこどこの店の新しい妓《こ》を見たか、金杉の糸屋の娘に似ていてもうちょっと鼻がひくいと、頭の中をこのようなことばかりにして、格子一軒ごとに烟草の無理取り鼻紙の無心、打ちつ打たれつするこれを一世の誉れと心得ているので、堅気の家の相続息子が地回りに改名して、大門そばに喧嘩を買いに出たこともあったもの、見よ女の勢いと言わんばかりのありさま、一年を通しての五丁目の賑わい、見送りの提燈は今は流行《はや》らないけれど、茶屋の回す女の雪駄の音に響きまじわる歌舞音曲、浮かれ浮かれて入り込む人に何が目当てと尋ねれば、赤襟赭熊《しゃぐま》に打ち掛けの裾の長さ、にっと笑う口元目元、どこがよいとも言いがたいけれど華魁衆とはここで敬うもの、離れていては知るすべがないとの答、こんな中で朝夕を過ごせば、衣の白地が紅に染まるのも無理はない、美登利の目には男というものがいっこうに怖くもなく恐ろしくもなく女郎というものをさほど賤しいつとめとも感じないので、かつて故郷を出た当時泣いて姉を送ったことが夢のように思われて、今日この頃の姉の全盛のおかげで父母に孝行できるのが羨ましく、売れっ子で通す姉の身の、憂さつらさのほども知らないから、客を求めての鼠鳴きや格子の呪文、別れぎわに客の背中を叩く手の加減の秘密まで、ただ面白く聞かれて、廓言葉を町で言うことまでさして恥かしくもなく思っているのも哀れである、年はようやく数えの十四、人形抱いて頬ずりする心は御華族のお姫様でも変わりはないが、修身の講義や、家政学のいくらかも学んだのは学校でばかり、全く明けても暮れても耳に入って来たのは好いた好かぬの客の噂、お仕着せ積み夜具茶屋へのつけ届け、派手なものはみごとに見えるが、そうできないのはみすぼらしく映り、人のことでも自分のことでも分別がつくにはまだ早い、幼心には目の前の花だけが際立ち、持前の負けず嫌いの気性は勝手に走り回って雲のような形をこしらえたのだった、気違い街道、寝ぼれ道へ、朝帰りの殿方が去り一仕事を終えて朝寝坊の町も門の箒の跡が波模様をえがき、打ち水がよい具合に仕上がった表町の通りを見渡せば、来るは来るは、万年町、山伏町、新谷町《しんたにまち》あたりをねぐらにしている、一能一術があるからこれも芸人と呼ばれるべき、よかよか飴屋軽業師、人形つかい大神楽《だいかぐら》、住吉おどりに角兵衛獅子らが、思い思いのいでたちをして、縮緬透綾《すきや》の伊達者もあれば、薩摩絣の洗い着に黒繻子の幅狭帯《はばせまおび》、いい女もあり男もあり、五人七人十人一組の大きな群れもあれば、一人淋しい痩せ老爺《おやじ》が破れ三味線をかかえて行くのもあり、六つ五つくらいの女の子に赤襷《あかだすき》をさせて、あれは紀の国をおどらせるのも見る、お得意は廓の中のい続け客の慰め、女郎の憂さ晴らし、あの場所に入る者には生涯やめられないほどの儲けがあるということが知られていて、来る者来る者ここいらの町でのわずかな貰いは心に留めず、着物の裾が海草《みるめ》のように破れたいかがわしい乞食さえ門に立たないで行き過ぎるものよ、器量のよい女太夫が笠を取って好ましげな頬を見せながら、廓の中で喉自慢、腕自慢、あれあの声をこの町では聞かせないのが憎らしいと筆屋の女房が舌打ちして言うと、店先に腰をかけて往来を眺めていた風呂帰りの美登利、はらりと落ちる前髪の毛を黄楊《つげ》の鬢櫛《びんぐし》にちゃっと掻き上げて、おばさんあの太夫さん呼んで来ましょうと言って、はたはた駆け寄って袂にすがり、投げ入れた一品が何だったのか誰にも笑って教えなかったが自分の好みの明烏《あけがらす》をさらりと歌わせて、また御《ご》ひいきをというあでやかな声まで引き出したがこれはたやすく買えるものではない、あれが子供のしわざかと寄り集まった人は舌を巻いて太夫よりは美登利の顔を眺めたのだった、粋なことをするなら通る限りの芸人をここにせき止めて、三味の音、笛の音、太鼓の音、うたわせて舞わせて人のしないことをしてみたいとその折り美登利が正太に囁いて聞かせたところ、正太は驚いて呆れておいらは厭だな。

九

如是《によぜ》我聞《がもん》、仏説《ぶっせつ》阿弥陀経《あみだきよう》、声は松風と合わさって心のちりも吹き払われるはずのお寺様の庫裏《くり》から生魚をあぶる烟がなびいたり、卵塔場《らんとうば》に赤児のおむつを干してあったりするのは、お宗旨によってかまわないことだけれども、法師を木のはしと心得ている目からは、どうもなまぐさく感じることよ、龍華寺の大和尚の財産と一緒に肥え太った腹はいかにも見事で、色つやのよいのはどのような褒め言葉を差し上げればよいものか、桜色でもなく、緋桃《ひもも》の花の色でもない、剃《そ》り立てた頭から顔から頸筋にいたるまで銅色《あかがねいろ》の照りは一点のにごりもなく、白髪もまじる太い眉を上げて心のままに大笑いをなさる時は、本堂の如来様が驚いて台座から転び落ちなさるのではないかとあやぶまれるようである、御新造はまだ四十をいくらも越していなくて、色白で髪の毛が薄く、丸髷も小さく結って見苦しくなくするような人柄、参詣人へも愛想がよく門前の花屋の口悪嬶《くちわるかか》もあれこれ悪口を言わないところを見ると、着古しの浴衣や、惣菜のお残りなどの御恩をきっと蒙っているのだろう、もとは檀家の一人であったが早くに夫を失って寄る辺《べ》ない身になった時しばらくここにお針子同様に住み込み、食べさせてさえいただければといって洗い濯《すす》ぎから始まり食事の支度はもちろんのこと、墓場の掃除の際にも男衆の手伝いをするほど働いたので、和尚様は損得勘定からお情けをかけ、年は二十から違っていてみっともないことは女も心得てはいたが、行きどころのない身なので結局ここがよい死に場所と人目を恥じないようになった次第、苦々しいことだけれども女の気立てが悪くないので檀家の者もさしては咎めず、上の子の花というのをもうけた頃、檀家の中でも世話好きと言われる坂本の油屋の隠居様が仲人というのも変なものだけれどしきりに勧めて世間で通るかたちにしたもの、信如もこの人の腹から生まれて男女二人のきょうだい、一人は典型的な偏屈者であって一日部屋の中でまじまじとしており陰気臭い生まれつきだけれど、姉のお花は美しい肌に二重顎の可愛らしい子なので、美人というのではないけれども年頃でもあるため人の評判もよく、素人にして放っておくのは惜しい者の一人に加えられているのだった、そうはいってもお寺の娘で芸者とは、お釈迦様が三味線をひく世の中ならいざ知らず外聞が少しは憚られて、田町の通りに葉茶屋の店をきれいにつくり、帳場格子の内にこの子を据えて愛敬を売らせると、秤の目はともかく勘定などは念頭にない若い者などが、何とはなしに立ち寄ってたいてい毎晩十二時の知らせを聞くまで店に客の気配の絶えることがない、いそがしいのは大和尚、貸金の取り立て、店への見回り、法要のあれこれ、月に幾日かは説教日の定めもあり帳面をめくるやら経をよむやらこれでは体がつづかないと夕暮れの縁先に花むしろを敷かせ、片肌ぬいで団扇を使いながら大盃に泡盛をなみなみとつがせて、さかなは好物の蒲焼を表町のむさし屋へあらいところをと言って誂《あつら》える、言いつけられて行くお使いは信如の役だが、その厭なこと骨にしみて、道を歩くにも上を見ることがなく、筋向こうの筆屋に子供らの声を聞くと自分のことをそしられているのではと考えて情けなく、そ知らぬ顔で鰻屋の門を過ぎてはあたりに人目がないのを見はからい、戻って駆け込む時の心地と来たら、自分だけはなまぐさい物を食べまいと思うのだった。

父親の和尚はどこまでもさばけた人であって、少しは欲深と言われるけれども人の噂に耳をかたむけるような小心者ではなく、手があくなら熊手づくりの内職もしてみせようという気風だから、十一月の酉の日にはもちろん門前の空地に簪《かんざし》の店を開き、御新造に手拭をかぶらせて縁起のよいのをと呼びかけさせるしかけ、御新造は初めは恥かしいことに思ったけれど、軒並み素人の商売で莫大な儲けがあると聞くと、この雑踏の中でもあるし誰も思いもよらないことなのだから日暮れ以降は目にもつかないだろうと考えて、昼間は花屋の女房に手伝わせ、夜になってからはみずから立って呼び立てていたら、欲なのだろうかいつの間にか恥かしさもなくなって、思わず声高に負けましょ負けましょと客のあとを追うようになったのだった、人ごみにもまれて買手も目の眩んだ折りなので、現在いるのが来世の思し召しを願いに一昨日《おととい》来た門前なのも忘れて、御新造が簪三本七十五銭と掛け値をすれば、五本ついたのを七十三銭ならと値切って行く、世間には闇商売の儲けはこのほかにもあるというもの、しかし信如はこういうことでも実に心苦しく、たとえ檀家の耳には入らなくても近辺の人々の思惑や、子供仲間の噂でも龍華寺では簪の店を出して、信さんの母《かか》さんが気違い面《づら》して売っていたなどと言われたりするのではと恥かしく、そんなことはよしにした方がようございましょうと止めたこともあったが、大和尚は大笑いに笑いすてて、黙っていろ、黙っていろ貴様などの知ったことではないわと言ってまるで相手にはしてくれず、朝は念仏夕べは勘定、算盤《そろばん》を手にしてにこにことなさっている顔つきは自分の親ながら浅ましくて、何故その頭をまるめなさったのかと恨めしくもなるのだった。

もともと実の両親きょうだいの中に育って他人の交じらない穏やかな家の中なので、さしてこの子を陰気者に仕立て上げる種はないのだが、生来おとなしい上に自分のいうことが聞き入れられないと面白くなく、父のすることも母のすることも姉のしつけも、すべてあやまりのように思えるけれど言っても聞いて貰えないものだからと諦めるとうら悲しいように情けなく、友達仲間は偏屈者で意地悪と見なすけれども自然に沈んでしまう心の根本はまあ弱いこと、自分の陰口を少しでも言う者があったと聞くと、出て行って喧嘩口論をする勇気もなく、部屋にとじ籠って人と顔を合わせられない臆病至極の身であったものを、学校でのできぶりや身分柄のいやしくなさのおかげでそんな弱虫とは知る者がなく、龍華寺の信如は生煮えの餅のように芯があって気になる奴と憎らしがる者もあるようであった。

十

祭の夜は田町の姉のもとへ使いを言いつけられて、あくる日まで自分の家へ帰らなかったので、筆屋での騒ぎは夢にも知らず、翌日になって丑松文次そのほかの口からこれこれであったと伝えられて、今さらながらに長吉の乱暴に驚いたけれどもすんでしまったことだから咎め立てするのも甲斐がなく、自分の名を借りられたことばかりがつくづく迷惑に感じられて、自分がしたことではないが人々へかけた気の毒はわが身一つの責任であるような思いが信如にはあったこと、長吉も少しは自分のやりそこねを恥かしく思ったのか、信如に逢えば小言を言われるだろうとその三四日は姿も見せず、ややほとぼりのさめた頃に信さんおまえは腹を立てるかも知れないけれど時の拍子だから堪忍しておいてくんな、誰もおまえ正太が留守とは知らないだろうじゃないか、何も女郎《めろう》の一匹くらい相手にして三五郎を殴りたいこともなかったけれど、万燈を振り込んでみりゃあただでは帰れない、ほんの景気づけでつまらないことをしてのけた、そりゃあ俺がどこまでも悪いさ、おまえの言いつけを聞かなかったのは悪かろうけれど、今怒られては形《かた》なしだ、おまえという後ろだてがあるのでおらあ大船に乗ったようだったのに、見すてられちまっては困るだろうじゃないか、厭だと言ってもこの組の大将でいてくんねえ、そうどじばかりは踏まないからと言って面目なさそうに詫びられてみればそれでも私は厭だとも言いづらく、しかたがないやるところまでやるさ、弱い者いじめはこっちの恥になるから三五郎や美登利を相手にしてもしかたがない、正太に味方がついたらその時のこと、決してこっちから手出しをしてはならないととどめて、さほどは長吉をも叱りとばさなかったが再び喧嘩がないようにと祈らずにいられなかったのだった。

罪のない子は横町の三五郎である、思うさまに叩かれて蹴られてその二三日は立つのも座るのも苦しく、夕暮れごとに父親が空車を五十軒の茶屋の軒まで運ぶ折りにさえ、三公はどうかしたか、ひどく弱っているようだなと顔見知りの仕出し屋に咎められたほどであったが、父親はお辞儀の鉄といって目上の人に頭を上げたことがなく廓内《なか》の旦那は言うまでもなく、大家様地主様いずれの御無理もごもっともと受ける質《たち》なので、長吉と喧嘩してこれこれの乱暴にあいましたと訴えたところで、それはどうもしかたがない大家さんの息子さんではないか、こっちに理があろうが先方が悪かろうが喧嘩の相手になるということはない、詫びて来い詫びて来い途方もない奴だと我が子を叱りつけて、長吉のもとへ謝りに遣られることは必定《ひつじょう》なのだから、三五郎は口惜しさを噛みつぶして七日十日と時がたてば、痛みの場所が癒えるとともにその恨めしさもいつしか忘れて、頭《かしら》の家の赤ん坊の子守をして二銭の駄賃を嬉しがり、ねんねんころりよ、おころりよ、と背負い歩くありさま、年はと尋ねれば生意気ざかりの十六にもなりながらその図体を恥かしがるようでもなく、表町へものこのこと出かけると、いつも正太と美登利のなぶり者になって、おまえは性根をどこへ置いて来たかとからかわれながらも遊びの仲間ははずれなかったこと。

春の桜の賑わいから始まり、亡き玉菊の燈籠の頃、つづいて秋の新仁和賀には十分間に車の飛ぶ数はこの通りだけで七十五輌にのぼるが、二の替わりさえいつしか過ぎて、赤蜻蛉《とんぼ》が田圃に飛び乱れれば横堀に鶉《うずら》の鳴く頃も近づいたのである、朝夕の秋風が身にしみ渡って上清《じょうせい》の店の蚊遣香《かやりこう》は懐炉灰に座をゆずり、石橋の田村屋の粉を挽く臼の音は淋しく、角海老《かどえび》の時計の響きも何か哀れな音を伝えるようになると、四季を通して絶える間のない日暮里の火の光もあれが人を焼く烟かとうら悲しく、茶屋の裏の土手下の細道を行く時降りかかるような三味線の音を仰いで聞けば、仲之町の芸者の冴えた腕で、君の情けの仮寝の床にと何だか一節《ひとふし》の情緒も深く、この時節から通い始めるのは浮かれ浮かれる遊客ではなく、身にしみじみと実のあるお方ということ、遊女上がりのある人がそう言っていた、これだけのことを書こうとするのもくだくだしいことよ大音寺前において珍しいことはめくらの按摩《あんま》の二十ばかりの娘が、かなわぬ恋をし不自由な体を恨んで水の谷《や》の池に身を投げたのを新しいこととして伝えるくらいのもの、八百屋の吉五郎に大工の太吉がさっぱりと姿を見せないがどうかしたのかと尋ねるとこの一件であげられましたと、顔の真中へ指をさして花札賭博を示し、それ以上深い事情もなく取り立てて噂をする者もいない、大路を見渡せば罪のない子供が三人から五人ほど手を合わせて開《ひ》らいた開《ひ》らいた何の花が開《ひ》らいたと、無心に遊ぶのも自然と静かであって、廓に通う車の音だけがいつもと変わらず勇ましく聞こえるのだった。

秋雨がしとしとと降るかと思えばさっと音がして運ばれて来るような淋しい夜、通りすがりの客をあてにしない店だから、筆屋の妻は宵の頃から表の戸を閉めていて、その中に集まっているのは例の美登利に正太郎、そのほかには小さい子供が二三人来て細螺《きしやご》おはじきという幼げなことをして遊んでいるうちに、美登利がふと耳をすまして、あれ誰か買物に来たのではないかとどぶ板を踏む足音がすると言うと、おやそうか、おいらはちっとも聞こえなかったと正太もちゅうちゅうたこかいの手を止めて、誰か仲間が来たのではないかと嬉しがったが、門に立った人が、この店の前まで来た足音が聞こえたばかりでそれからは気配はふっと途絶えて、音も沙汰もない。

十一

正太は潜《くぐ》り戸をあけて、ばあと言いながら顔を出すと、人は二三軒先の軒下をたどって、ぽつぽつと行く後ろ影を見せており、誰だ誰だ、おいお入りよと声をかけて、次いで美登利が足駄を突っかけばきにし、降る雨を厭わず駆け出そうとしたが、ああいつだとひとこと、言った正太が振り返って、美登利さん呼んだって来はしないよ、例の奴だもの、と自分の頭を丸めて見せたのだった。

信さんかえ、と受けて、厭な坊主ったらない、きっと何か買いに来たのだけれど私たちがいるものだから立ち聞きをして帰ったのであろう、意地悪の、根性曲がりの、ひねっこびれの、吃《どん》りの、歯っかけの、厭な奴め、入って来たらさんざんといじめてやるものを、帰ったのでは惜しいことをした、どれ下駄をお貸し、ちょっと見てやる、と言って正太に代わって顔を出せば軒の雨だれが前髪に落ちて、おお気味が悪いと首を縮めながらも、四五軒先の瓦斯《がす》燈の下を大黒傘を肩にのせ少しうつむいているらしくとぼとぼと歩む信如の後ろ影を、いつまでも、いつまでも、いつまでも見送っているので、美登利さんどうしたの、と正太は訝しがって背中をつついたのだった。

どうもしない、と気のない返事をして、上へ上がって細螺を数えながら、本当に厭な小僧だったらない、表向きにはいばった喧嘩はできもしないで、おとなしそうな顔ばかりして、根性がぐずぐずしているのだもの憎らしかろうではないか、家《うち》の母《かか》さんが言うていたっけ、がらがらしている者は心がよいのだと、それだからぐずぐずしている信さんなんかは心が悪いに相違ない、ねえ正太さんそうであろう、と口をきわめて信如のことを悪く言うと、それでも龍華寺はまだものがわかっているよ、長吉と来たらあれはいやはやと、正太が生意気に大人の口ぶりを真似たものだから、およしよ正太さん、子供の癖にませたようでおかしい、おまえはよほど剽軽者《ひょうきんもの》だね、と言って美登利は正太の頰をつつき、その真面目顔はと笑いこけたところ、俺だっても少したてば大人になるのだ、蒲田屋の旦那のように角袖外套《かくそで》か何か着てね、お祖母さんがしまって置く金時計を貰って、そして指輪もこしらえて、巻煙草を吸って、履く物は何がよかろうな、おいらは下駄より雪駄が好きだから、三枚裏にして繻珍《しゅちん》の鼻緒というのを履くよ、似合うだろうかと正太が言うので、美登利はくすくす笑いながら、背《せい》のひくい人が角袖外套の雪駄ばき、まあどんなにかおかしかろう、目薬の瓶が歩くようであろうと水を差すと、馬鹿を言ってらあ、それまでにはおいらだって大きくなるさ、こんなちっぽけではいないといばった正太だったが、美登利がそれではまだいつのことだか知れはしない、天井の鼠があれごらん、と指をさしたので、筆屋の女房を始めとしている者みんなが笑いころげたのであった。

正太は一人真面目になって、例の目の玉をぐるぐるとさせながら、美登利さんは冗談にしているのだね、誰だって大人にならぬ者はないのに、おいらの言うのが何故おかしかろう、きれいな嫁さんを貰って連れて歩くようになるのだがなあ、おいらは何でもきれいなのが好きだから、煎餅屋のお福のような痘痕《みっちゃ》づらや薪屋のおでこのようなものがもし来ようものなら、すぐさま追い出してうちへは入れてやらないや、おいらはあばたと疥癬《しつ》かきは大嫌いと力を入れると、主の女は吹き出して、それでも正太さんよく私の店に来てくださるのう、おばさんのあばたは見えぬかえと笑ったのだが、それでもおまえは年寄りだもの、おいらの言うのは嫁さんのことさ、年寄りはどうでもよいという答であったため、それは大しくじりだねと筆屋の女房は面白がって御機嫌を取ったのだった。

町内で顔のよいのは花屋のお六さんに、水菓子屋の喜《き》いさん、それよりも、それよりもずんといいのはおまえの隣に座っておいでなさるのだけれど、正太さんはまあ誰にしようと決めてあるえ、お六さんの目つきか、喜いさんの清元声か、まあどれをえ、と訊かれて、正太は顔を赤くして、何だお六づらや喜い公、どこがいいものかと釣りらんぷの下を少しずれて、壁際の方へと尻込みをしたら、それでは美登利さんがいいのであろう、そう決めてござんすの、と図星をさされて、そんなことを知るものか、何だそんなこと、とくるりと後ろを向いて壁の腰ばりを指で叩きながら、回れ回れ水車を小声で歌い出す、美登利はたくさんの細螺を集めて、さあもう一度初めからと、こちらは顔も赤らめはしなかった。

十二

信如がいつも田町へ通う時、通らなくてもことはすむのだが言ってみれば近道の土手手前に、ちょっとした格子門があり、のぞけば鞍馬《くらま》の石燈籠に萩の袖垣が優美に見えて、縁先に巻いた簾の様子も好ましく、中硝子《がらす》の障子の向こうには源氏物語風に言えば按察《あぜち》の後室《こうしつ》が数珠《じゅず》を指先でたぐり、おかっぱ頭の若紫も出て来ようかと想像させる、その一構えの建物が大黒屋の寮である。

昨日も今日も時雨の空模様だが、田町の姉から頼まれた長胴着ができたので、一刻も早く着させてやりたい親心で、御苦労でも学校前のちょっとの間に持って行ってくれまいか、きっと花も待っているだろうから、と母親から言いつけられたのを、しいて厭とも言い切れないおとなしさのせいで、ただはいはいと小包をかかえて、鼠小倉《こくら》の緒をすげた朴木歯《ほおのきば》の下駄をひたひたと進め、信如は雨傘さして出かけたのだった。

お歯ぐろ溝の角から曲がって、いつも行くことにしている細道をたどって歩いていると、運悪く大黒屋の前まで来た時、さっと吹く風が大黒傘の上をつかんで、宙へ引き上げるかと疑うばかりに烈《はげ》しく吹きつけて、これはいけないと足に力をこめて踏みこらえた途端、それほど弱いとは思っていなかった前鼻緒がずるずると抜けて、傘よりもそれこそ一大事になってしまった。

信如は困って舌打ちはしたけれども、今さら何ともしようがないので、大黒屋の門に傘を寄せかけ、降る雨を嫌って庇に逃れ鼻緒を直そうとしたが、常々し馴れていないお坊様は、これはどういうこと、気ばかりが焦るけれど、どうしてもうまくはすげることができないのが口惜しく、じれて、じれて、袂の中からつづり方の下書きをしておいた大半紙《おおばんし》をつかみ出し、ずんずんと裂いてこよりをよったのだが、意地悪な嵐がまたもや落ちて来て、立てかけていた傘がころころと転がり出したのを、いまいましい奴めと腹立たしげに言って、取り押さえようと手を伸ばしたら、膝にのせておいた小包が意気地もなく落ちて、風呂敷は泥にまみれ、自分の着ている物の袂まで汚してしまった。

目に気の毒なのは雨の中の傘なし、途中で鼻緒を踏み切ったのは気の毒この上なし、美登利は障子の中から硝子ごしに遠く眺めて、あれ誰か鼻緒を切った人がある、母《かか》さんきれをやってもようござんすかと尋ねて、針箱の抽斗《ひきだし》から友禅縮緬の切れ端をつかみ出し、庭下駄履くのももどかしいように、走り出て縁先の蝙蝠傘をさすより早く、庭石の上をつたって急ぎ足にやって来たのだった。

それが誰かわかった瞬間美登利の顔は赤くなって、どんなたいへんなことに出くわしたのかと問いたいほどに、胸の動悸が速くうつものだから、人が見ているかと後ろを見ずにはいられず、恐る恐る門のそばへ寄れば、信如もふっと振り返って、これも無言で腋に冷や汗が流れ、裸足になって逃げ出したい思いである。

普段の美登利ならば、信如が困っているさまを指さして、あれあの意気地なしと笑って笑って笑い抜いて、言いたいままの憎まれ口、よくもお祭の夜は正太さんに仕返しをするといって長吉らに私たちの遊びの邪魔をさせ、罪もない三ちゃんを叩かせて、おまえは高見で采配をふるっておいでなされたのう、さあ謝りなさんすか、何とでござんす、私のことを女郎女郎と長吉なんぞに言わせるのもおまえの指図、女郎でもよいではないか、塵一本おまえさんの世話にはならぬ、私には父《とと》さんもあり母《かか》さんもあり、大黒屋の旦那も姉《あね》さんもある、おまえのようななまぐさ坊主のお世話にはようならぬのだから、余計な女郎呼ばわりやめて貰いましょ、言うことがあるなら陰のくすくすではなくてここでお言いなされ、お相手にはいつでもなって見せまする、さあ何とでござんす、と袂を捉えてまくし立てる勢いのはず、それでこそ信如も太刀打ちしづらいだろうに、ものも言わず格子の陰に隠れて、かといって立ち去るでもなくただうじうじと胸をとどろかせているこの様子はいつもの美登利のようではなかった。

十三

ここは大黒屋の前と思った時から信如はもの恐ろしく、左右を見ないでひたすら歩いていたのだが、あいにくの雨、あいにくの風、鼻緒をさえ踏み切って、なすすべもなく門のもとでこよりをよる心地はと言えば、憂鬱なことがさまざまでどうにも耐えられない思いであったところへ、飛び石を踏む足音は耳から冷水をかけられるようなもの、顧みなくても美登利その人と思ったので、わなわなと震えて顔の色も変わるはずで、後ろ向きになってなおも鼻緒に専念しているふりをしたのだが、半ばは夢の中でこの下駄はいつまでかかっても履けるようにはならなかった。

庭にいる美登利は首を伸ばしてのぞいて、ええ不器用なあんな手つきでどうなるものか、こよりは逆よりだし、藁しべなんぞ前壺に押し込んだところで長もちのするものではない、それそれ羽織の裾が地面について泥に汚れているのは御存じないか、あれ傘が転がる、あれを畳んで立てかけておけばよいのにといちいちもどかしく歯がゆく感じるのだけれども、ここにきれがござんす、これでおすげなされと呼びかけることもせず、これも立ちつくして降る雨が袖を侘しくぬらすのを、厭うことも忘れ隠れて窺っていたのだが、そうとも知らない母親が遥かから声をかけて、火のしの火が熾《おこ》りましたぞえ、これ美登利さんは何を遊んでいる、雨が降るのに表へ出るような悪戯《いたずら》はなりませぬ、またこの間のように風邪を引きますぞと呼び立てられたので、はい行きますと大きな声で言って、その声が信如に聞こえたのが恥かしく、胸はわくわくと上気して、どうしてもあけられない門のそばでそれでも見過ごしづらい困りごとをさまざまに思案し尽くして、格子の間から手に持つきれを黙って投げ出すと、見ないように見て知らない顔を信如がつくったため、ええいつもの通りの心根とやるせない思いが目に籠って、少し涙を浮かべた恨み顔になり、何を憎んでそのようにつれない素振りをお見せになる、言いたいことはこちらにあるのに、あまりな人と込み上げるほど気持ちが昂《たか》ぶって来たが、母親の呼び声がしばしばかかるので侘しく、しかたなしに一足二足踏み出しええ何ぞいの未練臭い、こんな思惑は恥かしいと身を返して、かたかたと飛石をつたって行ったのだが、信如は今やっと淋しく振り返ると紅入り友禅の雨にぬれて紅葉の柄の美しいのが自分の足の近くに散らばっている、何とも好ましい思いはするけれども、手に取り上げることもせず、空しく眺めてものうい気分である。

自分の不器用を諦めて、羽織の紐の長いのをはずし、くるくると結わえつけるみっともない間に合わせをして、これならばと踏んでためすと、歩きにくいというほかはなく、この下駄で田町まで行くのかと改めて困ったことと思ったけれどもしかたなく立ち上がった信如は、小包を横にかかえ二歩ばかりこの門を離れたものの、友禅の紅葉が目に残って、捨てておくのも忍びがたく、心を残して振り返った時、信さんどうした鼻緒を切ったのか、そのなりは何だ、みっともないなと不意に声をかける者がある。

驚いて振り返ると暴れ者の長吉で、今廓内《なか》からの帰りらしく、浴衣を重ねた唐桟の着物に柿色の三尺帯をいつもの通り腰の先に締めて、黒八丈の襟のかかった新しい半天に、妓楼の屋号入りの傘をさしかざし高足駄の爪皮《つまかわ》も今朝おろしたのがあきらかな漆の色という格好、際立って見えて誇らしげである。

僕は鼻緒を切ってしまってどうしようかと思っている、本当に弱っているのだ、と信如が意気地ないことを言うと、そうだろうおまえに鼻緒をつくろえるわけがない、いいや俺の下駄を履いて行きねえ、この鼻緒は大丈夫だよと長吉が言うので、それでもおまえが困るだろうと信如。なに俺は馴れたものだ、こうやってこうすると言いながら長吉はあわただしく七分三分に尻をはしょって、そんな結いつけなんぞよりこれがさっぱりだと下駄を脱ぐから、おまえ裸足になるのかそれでは気の毒だと信如は困り切ったのだが、いいよ、俺は馴れたことだ信さんなんぞは足の裏が柔らかいから裸足で石ころ道は歩けない。さあこれを履いておいで、と揃えて出す親切さ、人には厄病神のようにうとんじられているのに毛虫眉毛を動かして優しい言葉をもらし出すのこそおかしい。信さんの下駄は俺が提げて行こう、台所に放り込んでおいたら問題あるまい、さあ履き替えてそれをお出しと世話をやき、鼻緒の切れたのを片手に提げて、それなら信さん行っておいで、のちに学校で逢おうぜと約束を交わすと、信如は田町の姉のもとへ、長吉は我が家の方へと別れて行ったのだが思いの残る紅入りの友禅はいじらしい姿を空しく格子門の外に留めたのであった。

十四

この年は三の酉まであって中一日はつぶれたけれど前後の上天気に大鳥神社の賑わいはすさまじく、これにかこつけて検査場の門から乱れ入る若人たちの勢いといったらなく、天柱くだけ地綱欠けるかと思われる笑い声のどよめき、仲之町の通りはにわかに方角が変わったように思われて、角町《すみちよう》京町ところどころの刎橋《はねばし》から、さっさ押せ押せと猪牙舟《ちよき》のかけ声めいた言葉で人波を分ける群れもあり、河岸の小店の遊女の呼び声のするあたりから、素晴らしく高い大籬《おおまがき》の楼上まで、弦歌の声がさまざまに湧いて来るような面白さはたいていの人が思い出して忘れないものとお思いになる人もあるだろう、正太はこの日日がけの集めを休ませて貰って、三五郎の唐芋の店の様子を見に行ったり、団子屋の背高《せいたか》の愛想のない汁粉屋を訪れて、どうだ儲けがあるかえと言うと、正さんおまえいいところへ来た、俺のところは餡この種がなくなってもう今からは何を売ろう、すぐさま煮かけてはおいたけれど途中のお客は断れない、どうしような、と相談を持ちかけられて、知恵なしの奴め大鍋のぐるりにそれっくらい無駄がついているではないか、それへ湯を回して砂糖さえ甘くすれば十人前や二十人は浮いて来よう、どこでもみんなそうするのだおまえのとこばかりではない、なにこの騒ぎの中でよしあしを言う者があろうか、お売りお売りと言いながら先に立って砂糖の壺を引き寄せたら、片目の母親が驚いた顔をして、おまえさんは本当に商人《あきんど》にできていなさる、恐ろしい知恵者《ちえしゃ》だと褒めるので、正太は何だこんなことが知恵者なものか、今横町の潮吹きのとこで餡が足りないってこうやったのを見て来たので俺の発明ではない、と言いすてて、おまえは知らないか美登利さんのいる所を、俺は今朝から探しているけれどどこへ行ったか筆屋へも来ないと言う、廓内《なか》だろうかなと尋ねると、団子屋はむむ美登利さんはな今さっき俺の家の前を通って揚屋町の刎橋から入って行った、本当に正さんたいへんだぜ、今日はね、髪をこういうふうにこんな島田に結ってと、変てこな手つきをして、きれいだねあの子はと鼻を拭きながら言って、大巻さんよりなおいいや、だけれどあの子も華魁になるのではかわいそうだと下を向いて正太が答えると、いいじゃあないか華魁になれば、おれは来年から際物屋になってお金をこしらえるがね、それを持ってあの子を買いにいくのだと頓馬をあらわすので、正太はしゃら臭いことを言っていらあそうすればおまえはきっとふられるよ。何故何故。何故でもふられるわけがあるのだもの、と顔を少し染めて笑いながら、それじゃあ俺も一回りして来ようや、また後で来るよと捨て台詞をして門に出て、十六七の頃までは蝶よ花よと育てられ、とあやしい震え声でこの頃ここで流行《はや》っている歌を唱えて、今ではつとめが身にしみてと口の中で繰り返し、例の雪駄の音も高く浮き立つ人の中に交じると小さい体はたちまち隠れたのだった。

人ごみに揉まれて出た廓の角で、向こうから番頭新造のお妻と連れ立って話しながら来るのを見れば、間違いなく大黒屋の美登利なのだが本当に頓馬の言っていた如く、初々しい大島田に結い綿のように絞りばなしをふさふさと掛けて、鼈甲《べっこう》のさし込みに、総《ふさ》つきの花簪《かんざし》をひらめかせ、いつもよりは極彩色でただ京人形を見るように思われて、正太はあっとも言わず立ち止まったままいつものようには抱きつきもしないで見守っていると、あちらは正太さんかと走り寄り、お妻どんおまえ買物があるならもうここでお別れにしましょ、私はこの人と一緒に帰ります、さようならと言って頭を下げると、お妻はあれ美いちゃんの現金な、もうお送りはいりませぬとかえ、そんなら私は京町で買物しましょ、とちょこちょこ走りに長屋の細道に駆け込んだので、正太は初めて美登利の袖を引いてよく似合うね、いつ結ったの今朝かえ昨日かえ何故早く見せてはくれなかった、と恨めしげに甘えたら、美登利はうちしおれて口が重く、姉《あね》さんの部屋で今朝結って貰ったの、私は厭でしようがない、とうつむいて往来の目を恥じるのだった。

十五

つらく恥ずかしく、気おくれすることが自分の身にあるので人が褒めるのは嘲りに聞こえて、島田の髷の好ましさに振り返り見る人たちの目つきは自分を蔑むものと受け止められて美登利は、正太さん私はうちに帰るよと言うと、何故今日は遊ばないのだろう、おまえ何か小言を言われたのか、大巻さんと喧嘩でもしたのではないか、と子供らしいことを訊かれて何と答えよう顔が赤らむばかり、連れ立って団子屋の前を通り過ぎると頓馬が店から声をかけてお仲がよろしゅうございますと余計な言葉をかけたので美登利は泣きたいような顔つきをして、正太さん一緒に来ては厭だよと、置き去りにして一人足を早めたのだった。

お酉様は一緒にと言ったのに道を違えて自分の家の方へと美登利は急ぎ、おまえ一緒に来てはくれないのか、何故そっちへ帰ってしまう、あんまりだぜと例の如く正太が甘えてかかるのを振り切るようにものも言わずに行くと、どういうわけなのかわからないままに正太は呆れて追いすがり袖を取っては訝しがるのだが、美登利は顔だけを真っ赤にして、何でもない、と言うその声には理由がある。

美登利が寮の門を潜《くぐ》り入ると正太は日頃遊びに来馴れていてさして遠慮しなくてもよい家だから、後から続いて縁先からそっと上がったところを、母親が見るなり、おお正太さんよく来てくださった、今朝から美登利の機嫌が悪くてみんな扱いかねて困っています、遊んでやってくだされと言うので、正太は大人っぽくかしこまってかげんが悪いのですかと真面目に尋ねると、いいえ、と母親は怪しい笑顔になって少したてば直りましょう、いつもの決まりのわがままさん、さぞお友達とも喧嘩しましょうな、ほんにやり切れぬ嬢様ではあると言って振り返るが、美登利はいつの間にか小座敷に蒲団と掻巻《かいまき》を持ち出して、帯と上着を脱ぎ捨てただけで、うつ伏してものも言わない。

正太は恐る恐る枕もとへ寄って、美登利さんどうしたの病気なのか心持ちが悪いのか全体どうしたの、とそれほどはすり寄らずに膝に手を置いて心ばかりを悩ませていると、美登利は全く答えもせず目を押さえた袖に忍び泣きの涙を吸わせ、まだ結い込まない前髪の毛がぬれて見えるのに理由があるのははっきりしているけれど、子供心に正太は何の慰めの言葉も出ずただひたすらに困り切るばかり、全体何がどうしたのだろう、俺はおまえに怒られることはしもしないのに、何がそんなに腹が立つの、と覗き込んで途方に暮れれば、美登利は目を拭って正太さん私は怒っているのではありません。

それならどうしてと訊かれるとつらいことのさまざまこれはどうしても話せない気おくれのすることなので、誰に打ち明けるみちもなく、ものを言わなくてもおのずと頬が赤くなり、特に何とは言えないけれどもしだいしだいに心細くなる思いで、すべて昨日の美登利の身には覚えのなかった思いが生まれてもの恥かしさは言い尽くせず、できることならば薄暗い部屋の中で誰であっても言葉をかけもせずこの顔を眺める者もなく一人気ままに日を過ごしたい、そうすればこのようなつらいことがあっても人目が気になりもしないのでこれほど思い悩むこともないだろう、いつまでもいつまでも人形と紙雛《あね》様とを相手にしてままごとばかりしていたらさぞかし嬉しいことだろうに、ええ厭々、大人になるのは厭なこと、何故このように年を取る、もう七箇月十箇月、一年も前に返りたいのにと年寄りじみたことを考えて、正太がここにいるのも思い遣れず、話しかけられると悉《ことごと》く蹴散らして、帰っておくれ正太さん、後生だから帰っておくれ、おまえがいると私は死んでしまうであろう、ものを言われると頭痛がする、口をきくと目が回る、誰も誰も私の所へ来ては厭だから、おまえもどうぞ帰ってといつもに似合わない愛想尽かしで、正太は何故なのか理解できなくて、煙の中にいるようなのでおまえはどうしても変てこだよ、そんなことを言うはずはないのに、おかしな人だねと、これはいささか口惜しい思いで、落ちついて言いながら目には気弱者の涙が浮かぶのだが、どうして美登利がそれに心遣いができようか帰っておくれ、帰っておくれ、いつまでもここにいてくれるのならもうお友達でも何でもない、厭な正太さんだと憎らしげに言われて、それならば帰るよ、お邪魔様でございましたと答え、風呂場で湯加減を見る母親には挨拶もせず、ふいと立って正太は庭先から駆け出したのだった。

十六

真一文字に走って人中を抜けつ潜《くぐ》りつ、筆屋の店におどり込むと、三五郎はいつからか店をしまって、腹掛けのかくしにいくらかの金をちゃらつかせ、弟妹を引き連れながら好きな物を何でも買えと言う立派なお兄さんぶり、大愉快のさいちゅうに正太が飛び込んで来たので、やあ正さん今おまえを探していたのだ、俺は今日はだいぶん儲けがある、何か奢《おご》ってあげようかと言うと、正太は馬鹿を言えてめえに奢って貰う俺ではないわ、黙っていろ生意気はほざくなといつになく荒いことを言って、それどころではないとふさぎ込むと、何だ何だ喧嘩かと食べかけの餡ぱんを懐に捩じ込んで相手は誰だ、龍華寺か長吉か、どこで始まった廓内《なか》か鳥居前か、お祭の時とは違うぜ、不意でさえなければ負けはしない、俺が承知だ先棒《さきぼう》は振らあ、正さん肝っ玉をしっかりしてかかりねえ、と勇み立つので、ええ気の早い奴め、喧嘩ではない、とは答えたがさすがにふさぐわけは言いかねて口を噤むと、でもおめえがたいそうらしく飛び込んだから俺はてっきり喧嘩かと思った、だけど正さん今夜始まらなければもうこれから喧嘩の起こりっこはないね、長吉の野郎片腕がいなくなるものと言うので、何故どうして片腕がいなくなるのだと正太。おまえ知らないのか俺もたった今うちの父《とっ》さんが龍華寺の御新造と話していたのを聞いたのだが、信さんはもう近々どこかの坊さん学校へ入るのだとさ、衣を着てしまえば手が出ねえや、からっきしあんな袖のぺらぺらした、恐ろしい長い物を捲り上げるのだからね、そうなれば来年から横町も表も残らずおまえの手下だよと三五郎はおだてるから、よしてくれ二銭貰うと長吉の組になるだろう、おまえみたようなのが百人仲間にあったってちっとも嬉しいことはない、つきたい方へどっちでもつきねえ、俺は人は頼まない本当の腕ずくで一度龍華寺とやりたかったのに、よそへ行かれてはしかたがない、藤本は来年学校を卒業してから行くのだと聞いたが、どうしてそんなに早くなったろう、しようのない野郎だと舌打ちしながら、それは少しも気にならないが美登利の素振りが繰り返し甦って正太は例の歌も出ず、大路の往来の夥しささえ心淋しいために賑やかとも思えず、夕暮れ時から筆屋の店に転がったきりで、今日の酉の市はめちゃめちゃにここもかしこもわけのわからないことだったもの。

美登利はあの日を境にして生まれ変わったような身の振舞いで、用のある折りは廓の姉のもとにこそ通うが、決して町に遊ぶことはせず、友達が淋しがって誘いに行けば今に今にと空約束《から》ばかりがはてしなく続き、あれほどの仲よしであったのに正太とさえ親しくせず、いつも恥かしげに顔だけを赤らめて筆屋の店で手踊りした活発さは再び見るのが難しくなったこと、人は訝しんで病のせいかとあやぶんだりもしたが母親一人が微笑んでは、今におきゃんの本性あらわれまする、これは中休みとわけありげに言って、わからない人には何のこととも見当がつかず、女らしくおとなしくなったと褒める者もあればせっかくの面白い子をだいなしにしたとそしる者もあり、表町は急に火が消えたように淋しくなって、正太の美声を聞くことも稀で、ただ夜な夜なの弓張提燈、あれは日がけの集めとはっきりしていて土手を行く影が何とも寒そうで、時折りお供をする三五郎の声だけがいつになっても変わらずおどけて聞こえるのだった。

龍華寺の信如が自分の宗の修行の庭に入る噂をも美登利は絶えて聞かなかったもの、かつての意地をそのままに封じ込めて、ここしばらくの訝しいさまに自分を自分とも思えず、ただ何事も恥かしいばかりであったのだが、ある霜の降りた朝水仙の作り花を格子門の外から差し入れておいた者があった、誰のしたことか知るすべはなかったけれども、美登利は何故ともなく慕わしい思いがして違い棚の一輪ざしに入れて淋しく清らかな姿をめでていたが、聞くともなしに伝え聞いたのはそのあくる日は信如が例の学校に入り袖の色を替えてしまったまさに当日であったこと。

やみ夜

［訳・藤沢周］

一

塀をめぐらした邸の広さ、幾ばく坪といわれ、閉じたままの大門はいつぞやの暴風雨のままに今にも崩れてしまいそうなほどだ。その瓦の上に乱れ生うる忍草……昔を忍ぶ者はそも誰のことというのか、牡鹿鳴く宮城野の秋の風情を思わせるような萩原の、その盛りを誇る時節でも、もはや月見の宴に訪れる者とて昔日の夢。秋風がただ通り過ぎ、その邸に住む者についてのよからぬ噂だけが残る。哀れに淋しい主従三人は都にいながら、山住まいにも似た暮らしぶりである。

世間の人々は山師の末路はあのざまだと指さし口々に非を鳴らすが、その邸にはなんら私欲で肥えた余財などなく、かといって、邸に恩を受けた者はむしろ陰徳多き輩、名乗り出る者があろうはずもない。醜名が長くとどまる奥庭の古池のことを人々は思い、そのあとのことはいうまい、恐ろしいこと、と雨の降る晩などに噂話するのにさらに枝葉がついて、松川様のお邸というと何となく怖い所という、その影がさらに濃くなる次第。

もともと広い邸、その上人気も少ない。がらんとした荒れ寺のごとく、掃除もままならぬよう。用なき部屋は雨戸を閉ざしたままの日も多く、河原院を俗にしたらこのようなものだろうかと思われるほどに荒れ果てている。「夕顔の君」ではないがその邸にお蘭さまという大切に仕えられている令嬢がいるが、鬼にもとり殺されないで淋しいとも思わぬのであろうか、まったく世間に背を向け、朝夕無事に暮らしているのが不思議でもあった。

昼間でさえそうであるのに、夜はまして孤灯のつくる自らの暗い影だけが友。ただ一人でしょんぼりと更けてゆく鐘の数を数えるなど、鬼神をしのぐ荒くれ男でも過去やら将来やら思いつつ涙を流すというものだろう。時は陰暦五月の二八日。日が暮れてまもないというのに月が出ないせいか夜の闇はさらに深い。家屋の背後を包むこんもりと森のごとく茂った樫の大木の波のような音。その裏にある底知れずの池に立つ水の音。それらのざわめきを聞くとも聞かぬともなく、紫檀の机に肘をついてじっと考え込んでいるその目は半ば眠っているようでも、時々細く伸びた眉をひそめてもいる。いかなる女の憂いなのであろうか。黄金を溶かしてしまうようなこの頃の暑さに、たっぷりと豊かな髪がうっとうしいと洗ったのは今朝、そのおのずからの黒々と艶のある髪が肩にかかり、いく筋かの髪が透き通るように白い頬に零れかかってもいる。色好みの人に評させるのがもったいないほどの女の姿態である。どことなく観音の面影に似ているが、それよりは淋しく、それよりは美しい。

と、そんな時、突然玄関の方で何事か起こったのか人の声がして、その様子が何やらいつもとは違う。眠ったかのようにしていた美人もそれにふと耳を傾けた。出火か、喧嘩か、まさか老夫婦が……と思いながら、わずかに唇に笑みをたたえはしたものの、いぶかしい思いに姿勢を正し耳をさらに澄ますと、あわただしい足音が廊下に高くなる。

「お蘭さま、ご書見でございますか。申し訳ありませんがお薬を少し……」

障子の外からいうのは老婆の声だ。

「どうしたのです。佐助が病気にでもなったのですか。様子によって薬の品もあるから急がないで話してごらんなさい」

女がいうと、敷居際に両手をついていた老婆は、「いえ、爺ではございません」と答える。

「佐助は今晩もいつものようにお庭の見回りをすませて御門の戸締まりをあらために参りました。くぐり戸の具合が悪くてそれを直そうと開けたり閉めたりしているうちに、闇を照らしてむこうの大路から飛ばしてくる車の提灯に沢瀉の紋があったので、てっきり波崎様が御出になったと思い、閉じるべきくぐり戸をそのままにしてお待ちしておりましたが、それは波崎様ではなかったようなのでございます。その車が御門前を過ぎる時に、爺も気づかなかったのですが、いつのまにか人がそこにいたようで、馳せ去っていく車の車輪にどう触れたのか、あっと叫ぶ声がしたそうでございます。爺も驚いて自分の額をぐり戸で打った痛さも忘れながら転び出たところ、悪いのはその車、宙を飛ぶような速さで過ぎていってしまいました。残った男の怪我はたいしたことはありませんが、若いのに似合わず意気地がないというのでしょうか、へたへたと弱って起き上がれない始末。半分死んだような哀れなさまなのでございます。これを見捨てることのできない爺が、お叱りを受けるかどうか分かりませんが、玄関まで担ぎ込んだのです。まだはっきりした意識があるともないともいえない心配な状態でございます。どうか、ともかく一目見てやってくださいまし。いつわりでない哀れさなのでございます」……

二

数日来の飢えと疲れで綿のようになった身である。そのうえ、車にはねられ痛みと驚きに魂が体をいつのまにか離れ、気絶していたしばらくの間は夢を見ているようでもあった。どこからともなく漂う馥郁とした香り。何かそれが胸の中に涼風でも差すようで、ぼんやりと物にくるまれたようにあった頭に初めて意識が戻り、わずかに目を開けてみた。

「気がついたようですから、薬を今少し」との女の声。

まだ自分の魂は極楽に遊んでいるのであろうか。その声の先を追えば、俗世の人とは思えぬほどの美しい女人、いや菩薩がそこにおられた。

「それにしても意気地のない奴。傷は小指の先を少しかすった程度、蜻蛉を追う小僧が小さな溝にはまってもこのくらいの怪我はありがちなのに、気を失う馬鹿もいないものだ。しっかりして薬でも飲みなさい」

佐助が口やかましく小言めいたことをいうと、「そう荒々しくはいわぬものよ」とお蘭。

「いずれ病後か何かでひどく疲れているようなので静かに介抱してやるのがいいでしょう。気がねするような家ではないので気を落ち着けてゆっくりおやすみなさい。幾日いてもこちらでは差しつかえないけれども、お宅の方に知らせたいと思うのであれば、人を遣りましょう。思いがけない災難は誰にでもあること、気の毒がるお気持など捨ててわがままをいえばいいのです。ちょっと見たところ病気あがりかと見えるのに、このように夜に入っても家に帰らないでは、もしいるのであれば御両親もさぞかし心配しているでしょうから、今晩はここに泊まるとして、知らせの者をお宅まで急いで遣りましょう。あれこれ想像して心配されるよりは、べつだん異常のないことを知らせて安心させてあげたいもの。お住居はどちら」

お蘭に尋ねられて、苦しそうに身を起こす男。頰、ひどく肉が落ち、大きな目の光はどんよりと、鼻筋もたいそう窪んで、そうでなくても突き出た額がさらに目立つ。薄く伸びた髪を頸に垂らしながら、男は物いおうとするのだが、出るのは涙だけだ。血の気のない唇が震えているのは感の胸に迫ったからであろうか。お蘭が静かにそばに寄って、さあ、と薬をすすめると手を振っていう。

「もう気分は確かでございます。帰るべき家も心配する親もなく、車にひき殺されたとて、また道で行き倒れになったとて、私一人、これも天命。世間に哀れと思う人もおりますまい。情ある方々に嬉しい言葉を注がれるのは薄命の私にはかえって苦しみを増すものです。気がつかなかった間はともかく、正気に戻った今は御門の外へお捨てになってください。命あるかぎりは憂きことを見尽くし、魂去った後の屍は痩せ犬の餌食となればそれで事足りる身。恨めしいのはあの車、沢瀉の紋。闇の中ではありましたが、はっきりとその主の面影を覚えている。男に恨みは必ず返すけれども、情あるあなた方の御恩に報いることができる私ではありません。お許しください」

そういって男は身を起こすが、足元がやはりおぼつかない。

「ああ、危ない。道理の分からぬ奴め。親がいないといっても、その身は誰から貰ったと思っているのだ。自分の身をそう粗末にして済むと思っているのか。おまえみたいな者がいるから世間の親は物思いが絶えないのだ」

自らも一人子を持ち苦労した佐助が人事ではないと叱りつけ座らせると、男もまた首をうなだれてうつむいた。

「逆上しておかしな事をいうようなので、今宵一夜ここに置いてゆっくり眠らせたい」という老婆の言葉に、お蘭も男を老夫婦に任せて居間に戻った。

三

籬にからむ朝顔の花は一朝の栄えに一期の本懐を尽くす。我が身に定められた分際を知っていれば、思いに任せぬ世に迷うことなく、甲斐なき煩悶に怒り狂うこともない。だが、しかし、祖父の代までは一郷の名医と呼ばれ、切棒の駕で畦道をいく村の子供たちまでも跪かせたものだが、次第に運が下っていったのは誰の導きによるものであるか。不幸にも父が若死すると、浮世はつれなく親類であった者さえもが残された妻によからぬ噂を立てる。そんな策略との争いも甲斐ないものと思いつつ、亡き旦那さまをご覧なさいませ、八幡神に誓って断じて嘘いつわりのない御胤、といい張ったとて、それが逆に欲の深い者といわれるであろう卑賤の身の悔しさ。涙を包んで実家に帰ったのがこの子が胎内に宿ってからようやく七月、主人が亡くなってから一四日目の忌日であった。哀れにも狭きは女の心、恨みのつもる世の中が面白くなくなって、冥土にあるという山を今日踏めるか、明日踏めるかと死を願い、そうでなくとも初産の血の騒ぎ激しく、産み落した子供の顔も見ぬまま哀れ二一歳の秋の暮れに、ひとしきり降った時雨に誘われるかのように逝ってしまった。東西も知らぬ、父母も知らぬで育ち、胸毛に埋もれた祖父の懐より他に温かさも知らぬ。春風が氷を溶かす田圃の畔で村の子供たちが遊ぶのからもはずれて、一人木の陰に隠れるひねくれ者の子供となり、ますます強情にもなる。だが、そんな子に憐れみをかける者もやはり祖父一人である。

「世間の人に憎まれるほど不憫でならない。親のない子は添え竹のない野末の菊のごとく曲がるもくねるも無理はないというものだ。不運は天にあって身から出た罪でもないのに、親なし子を落としめる奴らの心は鬼か蛇か。我等に宿りたもう神も仏もない世の中であれば、世間と戦うのみ。この祖父が死んだら、どこにいっても人は皆つれないだろうから、けっして他人に心許さず、人が己れにつらくあたれば、己れもつらくあたれ。どうせ憎まれるくらいなら、なまなかに人に媚びて心にもない御機嫌を取ったり、人に踏みつけられるような真似はするな」

祖父は孫にいいながらも悔し涙にあけくれ、無念の晴れる間もないのである。我が孫が可愛いほど世間が憎い。この子の頭に拳固の一つも当てた奴はたとえ村長殿の息子とて、理非はともかく相手は自分だと力み立つ。無法の振る舞いがこうじていくと、「もとより水呑み百姓の、痩せた田圃一つない身でありながら憎い老いぼれの根性骨、見事通して見ろ」とばかり、田地持ちに睨まれたら最後、祖父孫二人の命は風にまたたく残灯に等しく、言うも愚か消えるのは必定である。

やがて、娘の一三回忌を迎える頃、老爺は起き上がれないほどの病にかかってしまい、死の覚悟を決めてからは今更の医薬も何の役にも立ちはしない。哀れな孫と頑固の翁とただ二人、傾いた命運を藁家の軒に覗く月に見るばかりである。人が聞いたら魂も消えてしまうほどの無惨な言葉を残し、合掌すべき仏もなしとでもいうかのごとく冷ややかな嘲笑を唇に浮かべたまま、終焉乱れもしない。行先は何処か地獄か天堂か。息が途絶えて万事が終わった。

その残った孫こそがすなわち今日の高木直次郎、歳は一九で、積もった憂きは推し量るのも哀れ。仰げば高い鹿野山の麓を離れ、天羽郡といわれた故郷を捨てて以来、「世に捨てられた者である自分。一身を犠牲にして、ここ東京で医学の修業に打ち込み、聞き伝えてきた家風でやってみよう」と誰に相談するともなく母と祖父の恨みを胸に秘めて決意したのである。出てきた都は人鬼はいなくとも、どこでも用いられるのは才子で、たとえ軽薄に思われようが口先が巧みな小器用な者が重宝がられる。客人を厚くもてなしたといわれる孟嘗君が今の世にいるならいざ知らず、直次郎のひねくれた心、組み糸をといたようにどこまでもこじれて少しも愛嬌なく、することも拙い。某博士、某院長の玄関先での熱心な弁舌もさわやかというにはとてもほど遠く、自分から居候に置いてくれと安売りしたとて誰が本気で聞くというのか。どこでも狂気扱いで情けなく、ある所では乞食と間違われ台所に呼び入れられたのに腹を立て、「乞食扱いするとは無礼失礼奇怪至極」と一喝、膳を蹴り返し外に出たほどだ。

猪のように向こう見ずの勇気ばかりがあふれ知恵は袋の底に沈んでしまったのか、誰が見ても正真正銘の愚か者とも見える。さすがに不憫に思う人もいて、「心は低くしろ、身を惜しむな、その身に合った仕事なら世話もしてやろう」と紹介もしてくれるのだが、銭湯の木拾い、蕎麦屋の出前、下男、庭男など転々として、目見えした数は一年に三十軒、三日ともたずそのまま奉公先を飛び出すこともあった。それならまだしも、お内儀さんのだらしのない鬢たぼが胸くそ悪いと張り倒して飛び出し、あるいは旦那殿と口論したあげくの暴力沙汰、警察の世話になったことも幾度かある。またもここも敵の中であるかと自ら思い込む始末であった。

木賃宿といっても灯火も暗い場末の旅館で帳面つけの仕事をして日を送り昨日今日。主人の軽侮の一言にまた持病むらむらと沸き起こり、何が我慢か、と筆をへし折り、硯投げつけ、外に出て、ただやみくもに歩く。野宿者のあてもない身であるのに、偉そうなことを吐いて、さてこれから一度の食事さえままならない。舌を噛み切って死ぬ間際まで乞食などできない性分なので、今日一日も暮れ晩鐘が鳴る頃になってもねぐらもなく、これでは旅烏よりも劣るではないかと、いくともなく、くるともなく、よろよろと歩いていたら松川邸の表門、風が過ぎたと思い、振り返ると、佐助も見たあの車と沢瀉の紋が目に入ったのである。

四

ここに助けられた夜から三日ほど夢を見ているようで、その記憶も確かではないけれども、あの最初の夜に枕元に見た女菩薩の介抱の感触はいまだ朧に残っている。柔らかい御手に抱かれた自分はさながら極楽浄土に生まれたようで、目覚めれば花の間を舞う胡蝶、自分が人であるのかも分からぬまま、また眠りの縁に滑り込むような感じなのだ。

「淋しい時、世間が無情だと思うとき、私の手にすがりなさい、私の膝にのぼりなさい。共に手を携えて野山に遊ぼうではありませんか。悲しみの涙を他人には包み隠そうとも、私には滝のようなおまえの涙でも拭う袂があるのです。私はおまえの心が愚かであるとも卑しいとも思わない。おまえの心がよこしまであることも憎く思わない。過去に犯した罪が身を苦しめて今更の悔やみにどうしようもないことに胸中を痛めているのであれば、私に語って涼しい風を心に呼ぶがいい。恨めしい時、悔しい時、恥ずかしい時、失望した時、落胆した時、世俗を捨て山に入りたいと思う時、人を殺して財産を得たいと思う時、高位を得たい時、高官に上りたい時、花を見たいと思う時、月を眺めたいと思う時、風を待つ時、雲をのぞむ時、棹さす小舟の波の中にも、嵐にむせぶ山の影にも、日の光が届きにくい谷の底にも、私はいつもおまえの身に添って、六月の日照りで地割れがする時には清水となって渇きを癒し、師走の空の雪みぞれが寒い夜には皮衣ともなる。おまえは私と離れるべきではない。私もおまえと離れるべき仲ではない。醜美善悪曲直邪正、あれもない、これもない、私に隠すことなく、私に包むことなく、心静かに落ち着いて私のこの腕に寄り、膝の上で眠るがいい」

そんなお声が心や身に響くたびごとに、一体どこのお方だろうか、このように優しいお言葉をかけてくださるのは、と伏し拝む。その手先がものに触れて、魂我に返り、苦熱が身に燃えるようなのであった。

このように眠っては覚め、覚めては眠りを繰り返しているうちにも、今日で一週間になるという日の午後から正気づいて、粥の湯が喉に通るようになった。口やかましいけれども親切な佐助爺の介抱、老婆おそよのもてなし、正気に戻ってみるといずれも涙のこぼれるほど優しい人々であるのに、聞けば気のつかぬままに乱暴狼藉を働いたとか。暴れるだけ暴れ、狂い放題に狂い、今も額に残るおそよの傷は自分が投げつけた湯呑みの痕だという。少しも怒った様子も見せないその笑顔に、今更ながら、後悔の念と同時に冷汗が脇を流れ、常日頃からの心が外に出てしまったと恥ずかしさの極みにあった。

「それにしても私はどんなことを申したのでしょう。あなた方二人のほかに聞いていた人はいませんでしたか」

とそれとなく聞くと、佐助が大笑いしていう。

「聞かせたいと思っても、この家には人気がないから、きき耳を立てるのは天井の鼠か壁を伝う蜥蜴くらいなもの。我々二人とお嬢さま以外にはこの大邸に犬の子の影とてなく、一年三六五日客のくることもなく、こちらも客になることもなく、無人邸には何の心配もないけれど、気がついたとなれば、淋しさ耐えがたく、今までの夢うつつとはかわって、目がさえては眠れない枕元に軒の松風が聞こえてくるだろう。慣れない身には気の毒かも知れぬが」

「そのお嬢さまとおっしゃるのはいつもここにいらっしゃった方でしょうか」

「いかにもその通り」

　ではあれは夢ではなかったのだろうか。優しいお声で朝夕慰めてくださったのも、御膝に抱いてくれたのも、現実なのか、いや、夢であったのか。気が確かになっていく日数とともに、お蘭さまを目の前にして語ったりもする。だが、さらに夢であったか現であったか分からない思いは堂々巡りするばかりなのだ。女菩薩がお蘭さまだとすれば、今見ているお蘭さまは人が違うかのように見え、無情というのではないけれど、自分との間に一枚垣根を隔てたようで、馴れ馴れしさも微塵もない。どうして、そんなお蘭さまの御手にすがることができようか、その膝にのぼることなどできようか。「悲しみの涙をふきなさい」とおっしゃってくれた袖の端すら、もし自分の手が触れたらと思うと、恥ずかしく恐ろしく体が震え、息が止まりそうでもある。夢の中で出会った女性はゆかしく懐かしく、何か覚えなくとも母親のようにも思えたが、だが、お蘭さまはゆかしい懐かしいという感じのほかに恐ろしく怖いような気もして、身も心も一つになどとはけっしておっしゃりそうにもない。その島田髷は夢の中で見たのとは違うが、美しい顔かたちは確かにあの菩薩の面影をとどめて、声もこのようでもあった。朝夕慰めてくれるのは嬉しいけれど、思えばここも他人の家。心を許してはいけない他人の家なのだ。さあ、出ていかねばならない。この優しそうなお蘭さまのもとを辞して。

胸の中でひとりごちる直次郎である。

五

思い立つと少しの間も待てない心、弦を離れた矢のように一筋に走る。このままお暇することを佐助を通じてお蘭さまに申し上げると、なんとまあ急なことと驚かれていう。

「鏡をご覧なさい。まだそんな顔色でどこへいこうというのです。強情を張るのは健康人がいうこと、病気に勝てないのが人の身であるのに、そのような気短なことはいわないで、心静かに養生なさい。最初からいったように、この家には少しも気を遣わないでいいのです。遠慮もいらないし、また私たちが迷惑に思っているのではないかと憶測する必要もない。振り返って見るような丈夫な人になってくだされぱこちらも嬉しいというもの。袖すり合うも他生の縁と聞くのに、一時のことではあるけれども十日ごしも見慣れたら、よその人とも思われない。まして、帰る家もないということ、いずれにしても普通でない悲しい境涯をさまよっているのではありませんか。はかない自分の身にも引き比べられて、ますます思われるのは浮世の波にもまれて漂い疲れた人であるあなたの身の上。女の力は微力で相談しても甲斐がないとしても、あなたと同じ心は栄華に飽きた世の人より持っています。私に遠慮があるのなら、佐助もいる、おそよもいる。あのように歳をとるほどに年功も積んで、世渡りの道も知らないではない。それこそ相談の相手にもなるでしょう。家は化け物屋敷のようだけれど、人鬼の住みかでもないのでそのように怖がらないでください」

少し笑いながらのお蘭さまの顔に、自分は意気地がなくくだらない奴と見抜かれているような気にもなる。だが、本当に自分はここを離れてどこへいこうというのか。路上で病気になって誰が助けてくれるであろう。そのまま行き倒れになるだけだと我が身の弱さにさきほどの決心までが揺らぎ、恥ずかしいが最初の勢いとは違って、何が何でもここから出ていくとはいわなかった。

お蘭さまの言葉に加えて、老夫婦の「今少し体が確かになるまでは私たちがお願いしてでもここにとどめ置きたいと思っていたのだが、お嬢さまからのお言葉であれば、今は天下晴れての居候。肩身を広く、思うことをし、この邸の用も助けて大いに働くのがよい。若い者がぐずぐずと日を送るのは何よりも毒だから」という言葉。あれこれ手ごろな用事をあてがい家内の者のように扱ってくれるので、それに引かれてきまり悪さも薄くなる。一日。二日。三日。四日。「それならばお言葉に甘えて」とまではいわないけれども、次第次第に腰が落ち着いて、自分でも分からないまま何とはなしに日を送っている。

それにしても広い邸内。手入れがゆき届かないので、樹木が茂りに茂り、夏草が良い場所があったとばかりに生え広がり、忘れ草、忍草……刈るのもわずらわしい雑草の茂みをたどって裏手に回れば、幾抱えもありそうな松の枝が水にのぞんだ大蛇のようにくねってもいる。その下枝を濡らしている古池の深さはどのくらいなのであろう。昔東屋があったらしいが、その名残は小高い所にあるとはいえ、あさましいほどの荒れ放題。秋風こそ吹かないが夕日が沈んであたりがかげってくる頃など、一人で立っていられぬほどにぞっとするような感じである。見渡すかぎりすさまじい邸に、そうでなくとも沈みがちな直次郎、明けても暮れても淋しさが満身を襲ってますます浮世から遠ざかる気がした。

月も闇も趣があるのは夏の夜といい、五条あたりの軒先ならばやはり夕顔の花が夕闇をほんのり染めているはずだが、この邸にそんな風情はありそうもない。お蘭さまの居間というのも幾度も廊下を曲がった遠くにあり、呼んでも答えるのは松風の騒がしい音ばかりのような所にある。直次郎は老夫婦といっしょに玄関の近くにいて、お蘭とは病気中とは違ってうちとけてものをいうことも少なくなり、まして佐助、おそよともお嬢さまを神様のように大切に守り育てている。自分の命はたとえ塵あくたのように捨てようとも、このお嬢さまのためならば、という忠義の心、畏まって今が盛りの一木の名花のごときお蘭さまを散らすまい、折らすまいと縄を張り巡らし垣の外から守るような雰囲気に、直次郎までがお蘭さまを主人のように思ってもいるのだった。月が美しい頃の夕涼み、団扇を片手に声高らかに世間話をしながら、昼間の暑さを若竹の葉風で払って蚊遣りの煙を空になびかせるような慰みごとがあろうはずもない。当然、お蘭さまの人となりもこの家の素性もただ雲をつかむような想像をめぐらすだけで、嘘かまことか分からぬが、佐助、おそよが物語る話から推測するより他にないのだ。ふたりの話によれば、松川某といわれた財産家が浮世に外れやすい投機にかかり、花の咲くのを待っていた峰の白雲のようにあとかたもなく消えてしまった。あとに残ったのはお蘭さまのお身ひとつ。いたわしいほど背負いきれない負債もあり、哀れこの邸も他人のものだというのであるが……。

六

庭草におりた露玉がつらね輝き、吹く風も心地よいある朝のこと。お蘭さまがいつもより早くお起きになられて、「今日は父様のご命日なのでお花は私が剪ってお供えしましょう」といって花鋏を手にして庭へ下りられるので、「撫子ならば裏の方がきれいです」と直次郎も続いて後を追った。

いつかは尋ねようと思っていたこの邸の様子をお蘭さま自身の口から聞けるかもしれぬと、直次郎はいつもに似合わず軽い調子でものいうと、お蘭さまも機嫌が良いよう。百合、撫子、あれこれの花を剪った後も、自分の庭ながらも珍しそうに見てお歩きになる。

「今日のご供養はお父上様のためとか」と直次郎。「あなた様は幾歳でお父上とお別れになられたのですか」

「あなたも幼い頃からのひとり者とか。私とよく似た身の上」とお蘭さまも微笑まれる。「この坂を下りてあそこへいってしばらく休みましょう、疲れてしまっては話をするのもいやだから」

「ではお帰りになられるのですか」

「いいえ、もう少し遊んでいきましょう」

お蘭さまは苔がなめらかな小道を下ってゆかれる。

「危ない」

直次郎が声をかけると、「気の毒だけれどあなたの肩を貸してね」とつと寄り添って坂を下りるお蘭さまであった。

下りて出てきたところは例の古池の岸。直次郎は木の切り株の平らなところの塵を払って、「ここにお休みください」

「嬉しいこと。今日はまるで弟の介抱を受けるよう。あなたもここにきて休めばいいのに」と座っている半分を譲ろうとする。

「どうして、もったいないこと」

　直次郎は前の枯れ草の中に腰を下ろした。

「あなたの御両親も早くに世を去ったとか。私も母の顔を知らず、父上の手ひとつで育ったので、恋しさ懐かしさは人一倍。つね日頃はともかく、命日にはことさら父上のことが思い出され、何かで紛らわそうとて紛れない。あなたにもそのような経験はあるでしょう」

　直次郎はその言葉に涙ぐんでしまいそうにもなる。

「お父様は幾年前に亡くなられたのですか。あなた様の親御様ならばまだお若かったでしょうに」

「いいえ、若いというほどではないの。死に別れたのは八年前。思えば夢のようにあっけない別れ……」とお蘭。

「ではご病気だったのですか」

「どうして、病気などではありません。私の父はこれ、この池に身をお沈めになられたの」

あまりの驚きに直次郎の顔から血の気がひいたが、それを見ても、お蘭さま、斜めに見下ろすようにして冷ややかな目に笑みを浮かべている。

「水の底にも都ありと詠まれて安徳帝を誘って壇ノ浦で入水した二位の尼君の心は分からないけれど、父上はこの世の憂きことに飽きて、どこでもいいから静かに眠れる所をとお求めになられた。水面の上では波が騒いでいるように見えるけれど、きっとこの池の底は静かでしょう。この世をつらいと思う時の隠れ家は、山の麓も人里に近いし、海辺も役に立たない。ただこの池だけは住みよいと……」

お蘭さまは静かに池の面を見やられる。

吹く風が松の梢を鳴らし、やがてさざ波が池の面に起こり、不気味なあまり草のそよぐ音にさえ振り返りそうなのに、お蘭さまはなおも立ち上がろうともなさらない。

「直次はなぜそのようにかしこまってばかり。私だけでなくあなたも何か話して聞かせなさい」

そういわれて、ますます言葉が喉につまる直次郎である。

「困った人、女のような男だこと」とお蘭は笑う。

今更ながら消えない心の恐れが顔に出て笑われるのだろうかと直次郎。自分の意気地のなさにくらべ、お蘭さまはどれほど強いお心を持っているのであろうか。聞くだけでも肝が冷えるような話であるのに、このように平気で落ち着いているのだ。そう思いながら黙ってお蘭さまの顔を見つめていると、思いなしかさすがに顔色は青白く見える。

「だけれども、この話は他人に聞かせてはなりませんよ。口さがないのは世のならいながら、親のことであるから悔しい。でも、こんな話を聞いて、あなた、この邸にいるのがいやになったかも知れませんね。それなら話すのではなかった」

お蘭の様子が少し変わったようにも見えて、直次郎は、

「どうしてどうして、そのようなことを思うでしょうか。また口外など思いもよらぬこと。つゆともご心配なされますな」

「本当に私の弟のように思えて、ついおかしなことを聞かせてしまったようで恥ずかしい。何も聞かなかったと思って忘れてしまって」

お蘭さまは立ち上がり、花は持つので肩を貸してくださいという。脇道にかかった時に白く美しい手が直次郎の肩にそっと触れて、自分よりも背の丈の高い男を見上げていう。

「あなたはいくつかしら、一九か二十歳か、私にくらべてよほど下の弟と思えるけれど。私はいくつに見えて」

「ならば一つ二つ上のお姉様というところでしょう」

「まさかまさか……、二五歳」

「それは本当でございますか。何というお若さでしょう」と直次郎がいうと、

「褒めているのか誇っているのか」とお蘭さま、顔を赤らめた。

七

女は素直でやさしければ事足りる。なまなか人よりすぐれた気性は、幸運に恵まれた時はいいとしても、浮世の波風逆境に立ち、ふた筋のわかれ道を前に不運のひとと煽りを受ければ炎あらぬ方向に燃え上がり、そんな時は釈迦や孔子が両手を取ってご意見されても「ご意見はおやめください。聞かぬ聞かぬ」と顔をそむけ、その目には涙が光るもの。これを零すまいとしている姿を、浮世では強情我慢というのである。天のなせる麗質は容姿のみでなく育ちも見事で、このまま人の妻とも呼ばれたら非の打ち所がないほど清廉潔白の身であるのに、はかないのはお蘭の身の上。この世にただひとりの父を失って、しかもその父の死に方が、病の床につき幾日か看護をし、天から授かった寿命で医薬も尽くしての結果ならば仕方のないことだろうが、世間に詐欺師の誇りを残し、あろうことか、自ら水底の泡と消えてしまったのだ。その原因というのが、さすがに天道是非無差別とはいい難いけれど、口に正義の髭をつけた立派なる政治家たちの中にこそ実の罪があるのに、手先に使われた父が、哀れその露払いをする先導役の従者となったのである。誰よりも先に危険なことをさせられ犠牲になったからこそ、残る人々は枕を高くして春の夜の夢を見ることができるのだ。そうであれば、恩ある人の忘れ形見に露ほどの情をかけて当然であろうが、荒れゆく門にやってくる者もなくなり、また訪問でもしようものなら世間が何というか恐ろしいなどと、汚いものは人の心である。巫峡の流れに玩ばれる木の葉舟、この流れに乗ったお蘭が、悲しさ、怖さ、悔しさを乙女心に染み込ませるのも分かるというもの。

「それならば私も父の子、やってのける。悪ならば悪でいい、善はもとよりいわれない素性、うわべを温和に包んで、いざひと働き、倒れて終わればそれまでのこと。父があの世から手招きして私を呼び、九品蓮台の上品でなくともいい住みかはあの世にもあるだろう。それならば夢路に遊ぼうという決心はもの好きで狂い浮かれた気持のものではない」。時が経つにつれて涙は胸におさめ、片微笑みし、見上げる軒端日ごとに荒れても忍草の露を風流だとうそぶく身には、人の知れない哀れがあるのである。

するべきでないのは恋とか。ひそかなる恋、陸奥にあるという関に恋人の訪れが途絶えたのを待ちわびる身はつらいことであろう。誘い、誘われを苦しく思うのはこれも欲からの間柄、一人は真実の心から慕っても、よりが合わなければ片思いもする。その頃、番町に波崎漂という、衆議院に美男の評判高い年少の議員がいた。遠くはない県から選出された当時、やかましかった沙汰は世のならいで疵にはならなかったけれども、秘密は松川との間に封じ込められ、今の財産の半分もどこから出たものか分からない。松川の在世中はふたりの親しいつきあいを知らない人はなく、「よい婿を得た」と松川が漏らしたのを耳に残している人もいるはず。だが、浮き雲が覆ってたちまち暗くなり松川の没落である。そんな話はなかったといえばそれまでになるほど、波崎、諸外国を回って年月を経て、帰国したのは松川がすでに亡くなった後。現在の羽振りのよさに昔のけがれを払ったつもりで、またお蘭とのよりを戻そうとでもいうのか。官僚臭とやら女の知らない臭いのする堂では、高官の女婿といって扱いも軽くはなく、演説もうまくて聴衆も感動させるとか。それももっともであろう、口車が回らないわけがない。もしかしてという想いにひかれて二五の秋まで、哀れお蘭の一人寝の枕に結ばぬ夢の行方はこれである。誰のために守る操か、松の常盤もこうなっては甲斐なき捨てられ物。お蘭、自らの身のことをつくづく考えてはある思いを秘めるのである。

「浮世はもういや、もうたくさん。墨染めの衣着て、嵯峨野は遠いからここにいながら世捨て人になろうと思うことしきりであるけれども、憎い男心のためにおめおめと秋の淋しい景色を一人眺め、生悟りの身で経をあげたり仏に仕えたりして仕方のないことと諦めるのもいや。どうせ狂うのであれば一世を闇にするような事を起こし、うまくいけば千年の後まで残る花紅葉のように奥ゆかしく美しい女になりすます。駄目ならば一時の栄華に後は野となれ山路の露となれ。自分ながら女夜叉の本性、恐ろしく思うけれども、このようになったのもこれまでのあの人のやり方ゆえ。悔やむまい、恨むまい、浮世は夢……」

恐ろしきは涙の後の女心である。

八

この夏も暮れ、荻の葉に風のそよぐ頃も過ぎた。松川邸の月日はどのように流れるのか、お蘭さま、佐助夫婦、直次郎の身の上に変わったこともなく、ただ熱心であった医学の修業をあきらめたことのみ、この男の変わったところであった。

「どうでもやります。骨が舎利になるともやります。精神一到すれば何事もできないはずはなく、私も男ですからいい出したことは後へは引っ込められない。これまで散々村の奴らに侮られ、この都に出てきても軽蔑されて、できない奴といい侮られましたのでなおさらのこと、見事にやり通して見せねば骨も筋もない男でございます。私はそのような骨なしに見えますか」

そういう時の直次郎、いつも青筋を立て畳を叩いてはいた。

「はて、身のほど知らずの男だ。医者になるのは芋や大根を作るのとは訳が違う」と佐助は真っ向から強面でいい、「とてもできないことはやめてしまえ」ともいう。

「かわいそうに、そう叱らなくてもいいではありませんか」とお蘭さま。「それほど思い込んだものなら、できなくはないだろうけれど、茂った荻の葉が擦れ合って痩せるように、競争するものがふえれば、それだけ勝ち残ってゆくのが難しいのが世のならい。医学を志す人もずいぶんと多いし、年ごとに難しくなっていく。しかも学費の出所がない。精神一到とあなたはいうかも知れませんが、あなたの主義である清廉潔白な生き方も、今の世の中では価値のないもの。こんなことをいうのはいやだけれど、丸くならなければ、思うことは遂げられないでしょう。そのことが分かってから物事を貫くのならよいけれど、どうやらそのへんが難しくはありませんか」

故郷を出てから今まで、心は一途に走って前後を省みず、どうしても貫くといったことは自分から引き下がりたくはない。だが、打たれ叩かれ脅されて、果ては道ゆく車に引っかけられて、もう少しのところで一生の不具になるような負傷をしたあげく、可哀相だと助けてくれた大恩あるご主人様にしても世間の冷たい風に吹かれ、門や垣根は荒れ放題、美玉が塵に埋もれるような明け暮れの有様はあまりに悲しく、お天道さまはどうでも善人に味方してくださらぬのか。我が祖父、母、そして、私も、飛ぶ虫一匹殺せず、飢えと渇きに苦しむ里の小犬に自分の食事を分けても助ける者であるのに、世間に敵を作り、憎まれ者の居所なしになろうとは思いもしなかった。今更ながら世間に媚を売り、初めの一念を貫いたとしても、それまでが嫌で嫌でたまらぬ。とても辛抱ができないのは主人にこびへつらうこと、そのようにまでして成り上がり、医学は仁術などと腐ってもいえぬ。それなら医学修業などやめてしまえ、諦めてしまえ。自分は世間の能無し猿にはなっても心の穢い男にだけはけっしてなるまい、けっして。

と直次郎。そうと決めたら潔く、二度と医学のことは口に出さなくなった次第。

さしていく所もない。世間は仇。望みがなくなって、これから自分はどうしたらいいのか。身の捨て場所はどこかと尋ねるうちに、籬荒れた庭の野原のような秋草の茂みに、嵐をいたむ女郎花にも似たお蘭さまのことをいとしいと思うようになっている自分であった。

己れはもともと愚か者。お蘭さまは女であるが計りがたい意志を持ち、自分のような弱虫の類であるはずがない。だが、強いといっても頼りにする人のいない孤独な身、ただ一人でふりかかる大きな困難をどうして支えきることができよう。佐助、おそよにしても、一身をこの女主人にささげる忠義者ではあるけれども、自分から見ればまだまだ、吹けば散ってしまう花のようなお蘭さまを浮世の嵐から守る力のなんと微力なこと。代々仕えてきたあの人たちにくらべ、私は昨日今日の恩だけれども、かけてもらったありがたい情を思えば年月の長短は問われるものではなかろう。大言を吐くようだが、自分はお蘭さまにこの命をささげよう。この一言を誓いの言葉として、浮世の様々なことを思い断ち、私の生死をお蘭さまの御心のままにあずけよう。

口に出してはいわぬとはいえ、内に秘めた覚悟は様子にあらわれるもの。直次郎がお蘭さまを思うにつれて、佐助夫婦の直次郎にたいする憐れみも薄くなっていくのだった。もっとも、最初の介抱で見せてくれた親切は嘘のない誠のものであったから、今でもまったくその親切心が衰えたわけではない。だが、「一にもお蘭さま、二にもお蘭さまと、我がもののようにでしゃばった振る舞いとは、物知らずも甚だしい奴だ。御産湯をつかった昔からお抱き申した爺でさえ、心に思う事の半分はいわずにお気持に従うのが浮世の礼というのに、宿無し男の行き倒れを救われた恩も忘れ、私たちのお嬢さまの弟のような顔をする憎らしさ。あのような物知らずは真っ向からいわないと何も分からぬのであろう」

と、佐助、ずけずけと遠慮なく憎まれ口をいい、ともすれば年甲斐もない争い事を始めて、どちらが正しいともいえないお蘭さまがひとり気をもむこともあった。

九

秋は夕暮れ。夕日がはなやかにさして塒に急ぐ烏の声さびしい頃、珍しい黒鴨いでたちの車夫に伏箱を持たせ、波崎さまからのお使いというのがきた。折しもお蘭さまは籬の菊に日の照り返して趣があるのをご覧になっていたが、「珍しいお便り」と取り次いだおそよに、「おかしなこと。白妙の袖ではなくて手紙がくるなど」と受取り、座敷へお帰りになった。その手紙、たいそう長く一丈もあるであろうか。

……長らく御無沙汰しているのを恨めしいともおっしゃらないのはつれないではありませんか。雑事多く、心では貴女のことだけを思っているが、浮世は蘆分小舟のように差し障りばかりでお会いできなかった。今日は暇を得て染井の閑居にひとり籠っております。そのわけはおのずからお察しください。人目煩うことなく思うことを申し上げたく、どうぞこの車で今からお出でください。私からそちらを訪ねるのは世間の目、嗅ぐ鼻がうるさいので、ぜひこの車で……

「これを見てごらん、おそよ。波崎さまは相変わらずお利口だこと」お蘭のそれほど喜んでいるように見えない顔を不審に思いながらも、おそよは急がせる。

「おまえ様はそのように落ち着いていらっしゃるけれど、たまさかの御休暇、先様が仕事でまたすぐお出かけになるのは分かっていること。少しでも早くお仕度をなさいませ。お車も待っておりますものを」

「あれ、婆は私にいけというのですか。それは正直者」と、お蘭は笑いつつ、返事をしたためる。

……文の便りがたびたびくるのにつられ、もしやと思ったのは昔のこと。今日のお蘭はそんな優しいお嬢様の気分は捨ててしまったので、古手の嬉しがらせを承り御別荘に御機嫌をうかがうまでの恥はさらすまい。つれないといっても全く音沙汰がなくなるのは世にあるならいと諦めるものを、憎い男が地位を誇り、いつまで私を弄ぼうというのですか。父は詐欺師の汚名を着たけれど、いまだたいこもちの名は取らなかった。恋に人目を忍ぶとは表向きの理由。人目が気になるのなら闇夜もあるものを、千里の道をものともせず裸足で歩いてきてこそ誠実さが見られるというもの。この家からは遠くない染井の別荘に月の幾日かを暮らしていることは新聞の名士の消息欄を見なくとも分かります。わざわざ回り道をして我が家の門を避け、どうしても通らなくてはならない時は、私に会うのではないかという懸念を抱いて、あんなに車を飛ばし、ばかばかしい。私がいるために天地を狭いとお思いになられるのか。窮屈のあまり、気持を楽にしようと私を騙して「あなたが愛しい」といわせ、「何事も時世と諦めてください、正妻とはいい難いけれど心は後の世までもあなたのことを想っています」などといって丸め込んで、私をどこまでも日陰者の人知れぬ身としてしまえば、前後に心障りがなく安堵できるだろうと思っての仕業であることは見え透いています。さすがに御心では気になっていて、いつかは自分に仇する女とでも思っておられるのでしょうか。お考えのとおりのご心配をそのままにしておく私ではありません。裏屋住まいの女房が亭主に捨てられたのとは事情が違うので、ご身分がら世間の攻撃に居場所がなくなるなど、そのような恥はお互いのこと、お見せ申すまい。おのずからの恨みはゆっくりと、ゆるゆると……

心の底で冷ややかに笑いながら、お蘭が実際にしたためたのは、ただ「折ふしの風邪に取り乱した姿をお見せするのも恥ずかしく、なまじお会いして飽きられてしまうことがつらいのでご容赦ください。またの折りに」というもので、何事もうわべはうるわしくして、使いの者を帰したのであった。

波崎の車はこの邸の門を通り過ぎることがある。直次郎が轢かれたその夜の車も提灯の紋は沢瀉であったが、今日の車夫も法被に沢瀉の縫紋。あれとこれとは同一か別物か。直次郎はこの使いがきた時から、例にはないことなので不審に思って気にかけ始終見つめていたが、帰る後ろ姿を見送ったら沢瀉の紋が目に入ったのである。

「あれはどこからの使いだろう」と直次郎は佐助に尋ねる。

「それにしてもよく根掘り葉掘り聞きたがる。人の家なら使いのくることとくらいあるわ」

「そういわれたら返す言葉もないが、どこからの使いだくらいは聞かせてくれても差しつかえなかろうに。喧嘩を買って出るようにとげとげしくいわなくても」

「はて、おまえなどが聞いても益のないこと。お嬢さまへの手紙であれば、理由はお嬢さまでなくては分からない。波崎様といって新聞にも名前の見える議員様からの使いだ」

「それは御親類ででもあるのか。この邸への御出ではないようだが、私がくる以前にも御出でになったことがあるのか」

「それそれ、それがくどいのだ。聞いてどうする」と佐助は笑う。

「何もしないけれど、法被の紋があの夜の紋と同じだったので、何か気になって聞きたかったのだ」

「それではあの車夫をつかまえて、小指の一本でも切るつもりか。恐ろしく執念深い奴、前世は蛇ででもあったやら。だが、あの夜の恨みを忘れてないとは感心、頼もしい。受けた恩をとっくに忘れたようなので、よもや恨みの性根もあるまいと思っていたのだが、さすがさすが感心な男」

と、佐助もどういう気分の加減か、後で思えば恥ずかしくなるようなことを感情のままにいうのだった。いつもなら泡を飛ばして口論するはずの直次郎が何もいわなかった屈託。真実はその夜お蘭さまのお膝もとに、涙を流しての告白にこそある。立ち聞きをすればともに涙さえ流してしまうほど、直次郎、切迫の胸中であった。

十

三一文字に風雅の化粧は作るとも、いつ失せたのか、愚かにも似た幼心の誠実さ。その夜更けに灯火の影にお蘭さまを驚かし、涙にぬれた目のうちはただごとではなく、畳に両手をついてきっと畏まった直次郎の様子。

「これは何事」と心配なさるお蘭さま。

「遠慮のない私に斟酌はいりません。思うことがあるのならありのままおっしゃい」という優しい言葉に、直次郎、こらえかねてはらはらと涙を膝にこぼしたが、思い切って一言、「私にお暇を下さいませ」

「後先の説明もないから何のことだか分からない。また喧嘩をしての名残りなのではないのですか。いつもいっているように年寄りは頑固なもの、遠慮のない小言など気にしていては一日も辛抱できません。あの男にしても悪気はこれほどもなく、あなたのためによかれと思っての言葉、苦にするものではない。

何があってそのように腹を立てたのですか」

「いえいえ、喧嘩はもとよりのこと、何もいわれたことはありません。ただ我が身に愛想が尽きましたので、もはやこの世に生きていることが嫌になったのでございます」

直次郎はそういって、また畳にひれ伏して泣く。

「直次、あなたは死のうと思っているのか、本当に、本当のことなのか」とお蘭さまも居ずまいを正してお尋ねになる。

「嘘では死ねません。いつだったか、奥庭に遊んだ時、お池のそばで父親である旦那様の御最期をお聞きいたしましたが、その池の底だけは浮世の外の静けさということ、それが今でも忘れられません。かき回されるような胸の中は、明けても暮れても、暮れても明けても、わずかの間も休まることがありません。この世に生まれ落ちてからというもの不幸不運の身であるので、一生を不運の中で終われば私の尽くすべき義務は果たされることになるのでしょうか。お世話になったのは今で幾月。嘘ではございません、あなた様は私の大恩人、ご庇護を受けてから、面白いと思うことおかしいと思うこともありましたが、世間に出たのもこれが最初で最後、私には明らかに悟ったことがありますので、もはやこの嫌な世にはとどまりません。それでも未練のようですが、情深いあなたさまに何もいわずにこの世を去るのがつらく、またお礼をたくさん申し上げたいのですが、思うように言葉で表わせぬこと、これも悔しく思います。あなた様はいつまでも御無事で御出世をなさってください。私はこの世に愚人と生まれつきましたので、あなたのためにと思うこともできませんが、私の魂は必ずあなたの身の上をお守りいたします」

直次郎の、涙にむせびながらの言葉はあまりに悲しく、せつない。

「私はどうしてあなたが慕わしいのか分かりません。どうしてあなたが恋しいのか分かりません。ですが、一日一日、一時一時、私の心はあなたの胸に引きつけられるようになってしまったのです。お姿を見、お声を聞き、それで満足するのであれば何も問題はないのでしょうが、心はただただ火が燃えるようで自分でも分からぬほど混乱してしまうのです。冷静になればもったいなく恥ずかしく何処かに潜みたくもなり、私などは消え失せてしまえばいい、八つ裂きにされて木の枝にでも引っかけられればいいのです。今日の夕方のお使いの方があなたの御縁の方からと知って、こんなことを申し上げること自体が罰当たりですが、嫉妬やら悔しさで張り裂けそうなのです。しかもよく見れば車夫の法被に沢瀉の紋。気が狂うているようですが、あの時、ちらりと見た車上の薄髭のある男……その、その、波崎とかいう奴、国会議員で世の中の尊敬を集めるような奴であろう波崎、そいつに思えて、妄念でも何でも頭から離れない。大恩あるあなたの恋人を恨めしいと思う私は、あなたの仇だ。こんな気持がますます大きくなったらどうすればいいのか。死んだ方がいいのです。私が死ぬのはあなたに害を加えないということなのです。もし、今日のお使りについてのことが私の単なる想像であったとしても、もはや自分の心は腐りきり、大罪を犯したも同然。うわべを装い、人の目に気づかれないとも、恥辱の塊かのような私は餓鬼道の苦しみ。いかなる神の声とてただただ我が身を焼く炎にしかなりません。人の心の頼りなさ、まして私など今までの半生を顧みずとも、何をするか分からない男です。どんな恐ろしいことをするか自分でも怖くなるほどなのです。ですから、ですから、私が死に、あなたに何の危害も加えないということのみが、私にできるせめてもの恩返し。憎い奴と思われても、失せた後はどうぞ弔うてください。どうぞ……」

直次郎の心底からの告白、言葉は震え、畳にしかとついた手も、上げようともしない。その恐れいったる姿、哀れがそのまま震えているかのようでもあった。

十一

「恋を浮きたるものとは誰がいったのでしょう。恋に誠なしとは誰がいったのでしょう。昨日までそのように思っていたのが我ながら恥ずかしい。直次は私のことをそれほどまでに思っていたのか。私はあなたを気の毒と思って同情したことはあるけれど、命がけで愛しいなどと思うことはありませんでした。でも、直次、本当です、今日の今こそあなたを心から愛しく思う人になりました、本当ですよ。今日の今までお蘭に直接恋しいといった人もいなかったので、深く心に感じて一生をかけた恋はしませんでした。世間を知らなかった少女の昔、誘われたのは春風のように人の心をかきたて儚く過ぎてゆくかりそめの恋心。才知、容貌、そういったうわべのものに心乱し、今日の手紙の主、波崎という人にも会いました。このようにいったら不貞のように思われるかも知れないけれど、こちらが心がわりしたのではなく、班女が閨の中に打ち捨てられたように私が恋人に飽きられて捨てられたのです。私を捨てた人への恨みをいうのは愚痴ですけれど、つらい浮世に弄ばれて……恐ろしいと思わないでください、いつしか心に魔人が住みついて、善良なあなたの前では悪人の一人に違いない。それなのに、嫌ともお思いにならないのですか。恐ろしいとはお思いにならないのですか。私が悪人でも悪魔でも嫌にお思いにならないのであれば、今日から蘭の心の夫になり、蘭をあなたの妻と呼ばせてください。しかしながら、この世では縁はないものと諦めて……。私もきっと諦めましょう。嬉しい人の心を知りながら、このようなこと、私の口からはいい出しにくいことなれど、浮世に不運の寄り合いとお思いになってください。私のことを心から愛しいと思うなら、その命を今、この場でくださることはできませんか。無情な言葉、愛情のない心。普通の仲でもそんなことはいえるはずもないのに、まして私を命がけで思っているというあなたのもったいない心を知り抜いている今、このような情けない願いをして、血を吐くような思いの私の心中をどうか酌んでください。今日の手紙の主は私の昔の恋人、今からは仇となって、私の心を束縛するだけなのです。彼の命を断たずにおくものかという執念、これをも恋というのでしょうか、私には分からないけれど、私が手を下して、いざ実行に移すというのは、察してください、まだやることが残っている身の上がつらくてできないのです。欲とはお思いにならないでください。父の遺志を継ぎたいがためなのです。今、二五歳の私の命にかわって、あなたの、あなたのその身を捨てものにし、闇夜に、何とかして事をなしてくれませんか。このような恐ろしい女に私はいつからなったのか。死ねる身なら私も死にたい……」

涙など見せたこともなかったお蘭さまの襦袢の袖に拭う露が光る。

「あなたの恨みの沢瀉は、まさしくその人と私は思います。染井の別邸に急ぐ車の、折しも具合の悪い私の門前での出来事なので、知られてはなるまいと猛烈な勢いで走り去ったのでしょう。怪我をさせたのはたしかにその人の仕業だけれど、事の起こりは私を恐れるあまりのこと、思えばすべて私の罪なのです。あなたを私が助けたのではなくて、いわば死地に導くような成り行き、何もかも前世からの契りと思って、あなたの命を、このお蘭にください。あなたの運が強く、逃れるだけ逃れてうまくその場さえ逃げられれば、夜にまぎれてこの邸までの途中に難を避け、門から入れば後は安泰です。今も分かるように人気なく、出入りするものも犬の子の姿もなく、女の主なので警察の目にもかからないでしょう。とにかく何とかして逃げようとお思いになってください」

そう囁くお蘭の言葉をじっと黙って聞いていた直次郎が口を開く。

「もはや何もおっしゃいますな。納得がいきました。偽りであってもこの世に思いもかけなかったお言葉を聞いて残る恨みも今はない身。そうでなくとも今宵は生きてはいないという決心であったのを、お望みで倒れるのは願ってもないこと、見事にやってお目にかけましょう。今日までは思い立ったことが何一つ通せなく、浮世の意気地なしの手本の身でありましたが、心一つに思い込んだあなた様のおいいつけで一身捨て、『今度の仕事は天晴れ、直次もひとかどの男であった』と、あなたの心の中だけで褒めていただければ本望。その場に倒れても、捕えられ絞首台の上に立とうと思い残すことはございません。ただ恨めしいのは、逃れるだけ逃れてきなさいというお言葉、そのようなお言葉はお情け深いとは申しますまい。逃れようなどと卑怯な気持で人ひとり殺せるものでしょうか。愚か者の私には利口なやり方は知りません。相手が倒れるか、己れが死ぬか、二つにひとつの瀬戸際に助かろうという卑怯な心では、後ろ髪引かれるものがあって潔く目的を遂げられないでしょう。先方の手にかかって殺されればそれまでのこと。捕えられたとしても、あなたの名前はけっして出しませんので、心配なさらないでください。罪を負うのは私ひとり。見事に成し遂げた暁に、もし神仏の加護でその場を逃れられたら万に一つの幸運、そうであってもお顔を再び拝見はいたしますまい。どんな事から罪が露見し、愛しいあなたを巻き込むやも知れない。それこそ、悔しいこと。直次は今日かぎりのお暇、この世にないものと思われてお捨てになられ、事の成否は世間の評判でお知りください。御縁もこれまで。私は潔く死にます」

思い定めたからには、涙ひとつ流さないが、悄然とした直次郎の影、障子に映り、長く、長く、長く、お蘭が生きているかぎり、忘れがたい夜になったであろう。

十二

直次郎はその夜、闇にまぎれて松川邸を出た。夜が明けて直次郎のいないのに驚いた佐助夫婦、「いつもとかく小言をいったけれど、何を決心してこのような成り行きになったのか」とさすがに心穏やかとはいえずあれこれ取り沙汰し、おそよも毎朝手を合わせ神々に拝み、「心得違いなことをせぬように」と祈った。

それから少し経た冬の初め、事は番町の波崎の本宅の前で起こった。何某の大会で幹事役をつとめ、席上喝采が沸くような内に終わったので、波崎漂、酔いにまぎれ車の上でゆっくりと半ば夢心地で帰ってきた表門の前、突然物陰から男がおどり出てくる。男はほろに手をかけ後ろに引っ張ると、波崎がたまらずひっくり返るところを取り押さえ、闇に刃をひらめかせる。だが、手元鈍ったのか首筋かこうとした刃は頬先をわずかにかすめただけ。狼藉者という呼び声があたりに高く、今はこれまでと思ったのか、たちまち男は姿をくらまし、誰の仕業とも分からなくなった。翌朝の新聞は派手に事件を書き立て、ある党派の壮士であろうというものもあれば、何々倶楽部の誰とかが嫌疑をかけられ拘引されたというのもあり、とうとう何者の仕業とも分からぬまま、一月後には噂さえあとかたもなく消えてしまうのである。疵は噂が消える以上に早く半月で治り、その疵痕さえも向こう疵であることが男の誇りとも思われるのだから世の中はおかしいもの。才子の君、利口の君が万々歳と栄える世に、またもややりそこねた日陰者の直次郎、今は一体何をしているのであろうか。川に沈んだか山に隠れたか、もしくは心機一転、真人間になったのか。それより不思議なのは松川邸のその後である。この事件があって三ヶ月ばかりして、門は立派になり、壊れた敷石も直り、毎日植木屋や大工の出入りが激しくなる。主が替わったのであろうか。そうであれば佐助夫婦、お蘭もいずこへいったのであろう……。

時は汽車が国中に通じる頃、世間はますます広くなる。

うもれ木［訳・井辻朱美］

一

筆先でひと息に描き出すのは、五百羅漢、十六善神、空高く楼閣をかまえ、回廊に思いをめぐらし、三寸の香炉、五寸の花瓶に、大和ふうの人物、唐ふうの人物、また元禄風のみやびなふぜい、神代ふうなどあれこれと描きちらして、武者の鎧のおどしを工夫したり、殿上人の装束のもようを選んだり、帯書きにも華麗な花鳥風月、清楚な高山流水をさっと描きながし、思いのままに景色をととのえ、濃淡自在に彩色の妙をふるう、その出来映えは、砂子《ほっ》打《う》ちの難しさを知らぬしろうと目には、驚嘆されるほどのものなのでしたが、描く本人は満足がゆかず、筆をおいてしばしば嘆くのは、この道の衰退のことでした。「ああ、薩摩といえば、藩閥ならぬ鰹節でさえはばをきかせるこの世に、おれの志す薩摩焼の名はまったく地に落ちてしまった」。思い起こせば天保のむかし、苗代川《なわしろがわ》の陶工朴正官《ぼくせいかん》が、その地に錦手をよくする工人のないことを嘆いて、弱冠十六歳の少年の身ながら、大いなる勇気を奮い起こして、奉行を説き伏せ、藩庁に請うて、竪野《たての》にふたりの教授を迎え、苦労の末に奥義を受け継ぎ、なお幾春秋も心胆を練ったあげくに、安政のはじめ田の浦の陶場に据えた、焼き付け画窯がようやく成果をあらわすまでの艱難辛苦は、どれほどのものでありましたでしょう。その流派の恩恵に浴する身で、美術の奨励されるこの時代に生まれ合わせながら、ここ東京だけでも二百人を超す画工の中には、あっぱれこの道をきわめて、万里をへだてた海外の青い目にも、日本古来の技芸の冴えを見せつけてやろうという心意気をもつものはなく、手に筆を取り習うことはしても、心は小利小欲にこりかたまり、美などは金儲けのひとつと思い、吉原や須崎の遊郭での歌舞音曲の大さわぎ、いや品川にもなかなかの女がいる、などとうそぶきながらの口三味線に、なぐり書きして、自慢顔をする者もいて、

「とかくは金の世の中だ、絵が優雅だの、霊妙だのという評判も、仕切値段の上にたつことであって、問屋うけのよいものが一番ありがたい」とは、どこを押せば出てくる言葉でありましょうか。そんなていたらくだからこそ、売国の奸商たちによいように牛耳られ、安く安くと買いたたかれて、やせ腕をねじられるようなぐあいなのに、まだ愚かな夢から覚めもせず、とてものことに採算の合わぬ仕事なので、時間を惜しみ、費用をかけまいと、一枚描くところに、十枚描くような粗製濫造ぶり、やっときのう絵の具台の前にすわったばかりで、稽古といっても居眠りばかりしている、しらくも頭の小僧の頭をはたいて起こし、縁のもようや腰のもよう、また霞砂子やみだれ砂子のもよう描きをてつだわせるありさま。これでは美という字も、絵の具雑巾の汚れと同じで、恥もすがれず、このままでゆけば、薩摩陶器も、十年もせぬうちに、今戸焼とならんで荒物屋に砂まみれになるかもしれません。それほどのことに気がつかぬ愚か者ばかりでもありますまいに、時の勢いというものは、大水に堤防が切れそうなのと同じで、画工にはいかんともしがたいものと諦め顔で、まずは高見の見物をするのが当世のやりかただと、頬杖をついての傍観、腰も定まらず、ふらふらと浮いた心根でいれば、自分の怠慢ゆえの不遇をも、地震や雷とひとしなみに考え、天災だといわんばかりの八つ当たりともなるのですから、当たれるお天道さまこそ気の毒なものといえましょう。しかしながらそれも道理、この日の本の幾十万の頭かずのひとりでありながら、竈《かまど》の煙の行方にまで大御心をなやませたてまつる、かたじけない天皇陛下のお志をすこしも解せず、大日本帝国の名誉をもみくちゃにまるめて、掃きだめの隅に捨てるような罰あたりがうようよしている世の中ですから、いちいち憤るまでもないことかもしれません。「だがそれでも、おれにはおれのかんがえがあり、いったん絵の道に進んだからは、狂人とも愚か者とも笑われてもよい、千万の黄金《こがね》をつまれても心をひるがえすつもりはなく、その堅い意志で腕をみがき、軽佻浮薄を才子と呼ぶ明治の時代に、愚直さにどれほどのことができるか、いちずな心になにができるか、この道の真価はどこにあるか、ひとがどう見ようとも、この自分に満足のゆく作品を作り出し、変人、入江籟三の名を陶器の歴史に残してみせたいものだ」と心ばかりははやっても、赤貧の身のくやしさ、むなしく志を抱いて幾年もたつのに、このまま時が過ぎてゆくのであれば、胸中にひめた幻の名作を、どんな素材に向かって、いつ描くことができるのか、そのことが恨めしい、骨にまでとおる恨みだと、握りしめた右手をぶるぶるふるわせ、腹の中は煮えくりかえるばかり、熱涙をごくりとのみくだして、さすがに悲憤の声はあげぬまでも、そんなありさまであれば、誰いうとなく、「慷慨《こうがい》先生」とあだ名され、酒席ではつねに取りざたされても、いぶせき家をおとずれる客人もまれとなり、友もなく弟子もなく、妻ももたず、お蝶という名の妹を相手に、ここ高輪の如来寺前に、夕顔が垣にからみ、蚊遣り火が軒さきにけむるわび住まいをかまえ、つましい暮らしをしておりました。

二

十六、七なら、木の葉が散ってさえ、笑みがこみあげるとしごろとはいえ、貧しさにうちひしがれていますと、月も花もなみだの種となり、同じとしごろの少女が、流行の帯に新型染めの浴衣《ゆかた》を着て、それなりにたおやかな姿となり、しさいに見れば美しくない顔立ちにも、三割もましに見えるような白粉をぬって、くせ毛を直そうといじりすぎてびんやたぼのあたりがふくらんでしまったのはともあれ、いっぱし器量よしのつもりで歩いてきて、すれちがうと香水の風までこちらの顔にふきつけてくる、そんなはでやかな夕詣でのさまが目にはいります。「神さまも、あのひとたちのお願いにはさぞお困りであろう」などと思われるような、そうした少女たちの身なりにひきかえ、お蝶はわが身のみすぼらしさを恥じるとは思わぬまでも、洗い晒しの浴衣の肩をやはりすぼめるようにして、縁日の小間物店には目もくれずに小走りに歩いてゆくのですが、その胸の中は兄さまのことひとつ、みずからの富貴や栄華をねがうのではなく、わが生涯に少しでも幸運が来るさだめであるなら、自分はぼろに縄の帯をしめてもよいから、その幸運を兄さまにゆずりたいとの一心なのでした。兄さまの腕が世に認められるよう、精進ひとすじのお心が満たされるよう、さらには、同じ画工で兄さまを侮るひとたちをいつか見返して頭をさげさせてやりたい、仏壇の両親のご位牌に箔をつけたい、その一念で、内職のハンカチを問屋におさめる足をのばし、霊験あらたかと噂にきく白金の加藤清正公は覚林寺に日参し、願をかけているのでした。兄さまには話してはおりませんが、もしこのことがお耳にはいれば、絵筆を投げ出し、「芸にうちこむ志は、おれはまだおまえに及ばない」ともおっしゃることでありましょう。参詣の帰るさには、ことに家のことが気にかかり、心も足もせかれるのでしたが、とある小路に大ぜいのひとびとがひしめきあい、声をあげている、あれは喧嘩か物とりかしら、まきぞえにはなりたくないと、お蝶は避けるように通ってゆきました。しかし多くの人の袖の下からもれてくる涙声が耳に入り、われしらず足をとめてのぞくようにしますと、下には下があるというのでしょうか、お蝶よりもさらに貧しい身なりの、年は五十あまり、しわに埋もれた顔にもどことなく、昔のゆいしょある暮らしがほの見える品のよい老女が、何焼きというのか、商いのための銅板を渡した屋台のかげに頭をすりつけるようにしてわびごとをくりかえしているではありませんか。相手はとみれば、三十ばかりの髯のむさくるしい男、見るからに憎々しいようすで、大きな柄の浴衣を胸もはだけるように着て、足をふみ鳴らし、耳もつぶれるような声でわめきたてています言葉から察せられることは――

そもそも金が仇となるこの世の中、元は互いも懇意の間柄、このように顔を赤くしていがみあう仲でもなかったでしょうに、いっぽうがふしおがんでありがたく金を借りたことが発端で、不本意にも返す算段がつかなくなり、このような社会に落ち込んで右も左もわからぬ者が、約束を果たせずに、恥じ入るあまりに居留守を使う、心苦しく嘘をつくなどして、返済期限をひと月半あまりもひきのばしたあげく、やはりどうにもしようがなくて、不義理・不名誉な夜逃げまでしてしまう、そんな類いの事情とみえました。老女があたりをはばかるように涙ながらの小声で、よくもきこえぬ言い訳をするのを、ところどころつなぎあわせてみれば、柱とたのむ娘が病気になり、それが本復すればまたなんとか工面もつこうから、もう少しだけ待ってほしいと、腸《はらわた》をしぼるようにあわれな声での懇願なのです。聞くお蝶も涙もろい女の身、しかも似たような境涯も身にしみるとなれば、ひとごととして聞き流すのもしのびない心持ちでいますと、男は耳も貸さずに、「貸した金額にはとても足るものではないが、この屋台をよこせ」と言いつのり、老女が「これを取られましては、私と娘と今日から食べることもかないませぬ、どうかお慈悲を」と合わせたその手をなぐりつけるので、お蝶は、まあひどいひとだ、あの男、自分はさほど金に困るようすでもなく、体だってじょうぶそうなのに、病人をかかえた老女の苦労を察してやらないとは鬼か夜叉か、もしあたしにお金があれば、男の横つらを金で張って、おばあさんを助けてやるものを、こちらもそれどころではなく、財布をはたいてもどうにもならないのが、ああ、くやしい、つらいこと、と身をもむほどに無念なのでした。黒山の人だかりをながめわたし、せめてこの中に一人くらい、老女をあわれと思うひとがありそうなもの、と溜息をついたその矢先、お蝶の肩先を擦るようにして、ひとりの男が遠慮なくずいと前に出、だれかと思うまもなく、さきの憎い男のふりあげた手のひじをつかみ、かるく微笑したその姿に、みなは気を呑まれて目を注ぎます。黒絽《くろろ》の羽織に白地の浴衣、角帯の端にさりげなく金鎖をのぞかせた、見るからに温厚な姿、優雅な立ち居ふるまいに、なんともいえぬ愛敬もある二十八、九ほどの若い紳士で、かれは老女のほうをかえりみつつ、言葉はていねいに、男に向かい「私は通りすがりの者で、事情はよく存じませんが、たかが女、それも老いゆえの失礼はありがちなこと、あれ、あのようにわびていますし、往来は人の目も口も多いのを、聞きつけて巡査がやってきましてはご身分にさしさわりましょう、ここはひとつ私に花をもたせては下さいませんか」と柳のなびくようにやわらかに下手に出れば、「他人の口出しは無用じゃ、わびごとですむほどなら、わしらとて手をひいている。すまぬしだいをききたいと言うなら、きかせてもやろう。わしらはこの女にふた月も三月《み》も、家を貸してやった大恩人、しかも口車にのせられて五円という大金までも貸したが、それも商売の上のこと、月に五分の利息だけは、天地がひっくりかえろうと、病気の子どもが死のうと、待ってやる約束も、負けてやる約束もした覚えがないわ。それなのに泣き言をならべたて、こちらの仏の顔にも限度がある。利息もとれぬのはもってのほかだが、せめて何か一つでも取るのが取り得、この屋台をひきとってゆこうというのは、あながち無理な話ではあるまい」と憎さげに髯男が鼻で笑うと、若い男のほうはからからと大笑し、「どんな事情かと思えば、お金ですむことでしたか。それならかんたんなこと、いらぬお節介とお思いかもしれませんが、四海同胞おなじ人間どうしではありませんか、お金は私が立て替えます」と、紙入れを探って五円札一枚、一円玉ひとつを出し、「これではまだご不足でしょうが、いまはこれしか持ち合わせがありません。家も貸した大恩人とおっしゃるなら、どうかこれで勘弁してやって下さいませんか」とあくまで柔和な面をくずさずに言うのですが、しかしながら、もし髯男が否といえば、さきほどの白い拳をふるって、相手を打ちのめすかもしれぬと、芝居気のある見物人がささやきかわすのも、さこそと思われるのでした。髯男は、ひったくるようにお金をふところにねじこんで、かわりに何通もの証書を取りだし、多くの人の涙の種を印刷してあるあて名をあれこれと見て、老女のものを探し当て、「じゃあ、確かにお渡ししますよ。実を言えばこれでは不足だが、取らないよりはましだから、まあよいことにしてやるが、あの婆あはたいしたもうけものをしたわ。いい親分を見つけだしたうえは、このさき利息のない金でも借りるつもりになるかしれぬ。ひとごとながら、慈善家さんのゆくさきが案じられますよ」とせせら笑いながら渡し、着物のすそをはらって、礼を言うでもなく、恥じ入るでもなく、人をかきわけてのっしのっしと去ってゆく姿、行く手の大地が裂けもせず、つまずく石もないのがふしぎなくらいでした。若い男は、老女がくどくどとのべる礼も耳に入れず、「なんの、なんの、これしきのこと。お金があったからこそ役に立てたので、なかったら、私もあなたと同じ難儀のふちに立たされていたところ、浮き沈みはこの世のつねのこと、お礼なら、あなたが大金持ちになられた暁にでもして下さい。そのときはこちらから、催促にあがりますよ。それまでお預けしします。いや名乗るほどの者でもありませんから、失礼します」と、袖にとりすがる老女を引き離し、悠然と立ち去る後ろ姿には、あたかも後光がさすかと思われました。

三

十三歳のころから、絵筆をとりはじめて十六年、この道ひとすじの入江籟三にとっては、富貴など浮き雲にひとしいけれど、たったひとつ名誉をのぞむ心ばかりはどうにも捨てがたく、胸の中には欲の炎が燃えて、高く澄む心の鏡の一点のくもりとなっております。とはいえ、世間の顔色をうかがい、人の機嫌をとることは死んでもできぬ生まれつき、頭を下げることだけは金輪際いやだという一点ばり、偏屈者の名も高くなるにつけ、やせ我慢と意地は全身にゆきわたって、自分を容れない世に、いよいよ背を向けるのでした。「いまに見よ、この腕に何が住んでいるか、いったん世に出た暁には」とだれも耳をかさぬ大言を吐いて、わずかに心をなぐさめるものの、よろずのさまたげとなる貧困のほかには伴侶もなく、いったいいつ世に出られることか、弥勒の出現と同じ悠遠のかなたではないかと思うにつけても、くやしさが胸を刺して、寝つかれぬ夜も多いのです。一睡もできなかった、そんなある朝のこと、庭草においた露を見て、亡くなった師のことをふと思いだし、にわかに寺参りの仕度を始めました。垣根の夏草をむぞうさに折りとり、お蝶が「ちょっとお待ちになって」ととめるのもきかず、朝ごはんの前に家を出ました。菩提寺は伊皿子《いさらご》の台町ですので、さほど遠くもありません。泉岳寺わきの生け垣が青々としている中を過ぎ、打ち水もすずしく箒のあとも著《しる》い細道を、がらり、ざらり、と歯のない百足下駄《むかでげた》に力を入れ、片裾がまつわってうるさいので、まくりあげて臑もあらわに、人目も気にかけぬようすで歩いてゆく籟三は、小柄で顔立ちは醜くはないのですが、色黒で、骨ばって、鼻は高く、口は締まり、まなざしはぎろりと青く凄く、どこか沈鬱な気をただよわせており、紺の薩摩絣の古びたのに白い兵児帯《へこおび》すがたは、さしずめ建白書をふところにのんだ壮士ふうではありますが、右手にもった夏菊の花がさすがにものやさしい趣をそえています。金襴手《きんらんで》の絵柄のことよりない目には、見えるものがみなその絵柄と映るのでした。細づくりの格子戸の前には、米沢の透綾《すきや》を着たなまめかしい女性が、黒繻子《くろじゅす》の帯をしめ、腰つきもほっそりとして、芙蓉のおもてに薄化粧、艶な黒髪に根がけの飾りの趣味もよくたたずんでいます。さてもうつくしいことだ、このうつくしくあろうとする女心を、おれの陶画の上に移してみたい、力を貸してはくれぬであろうか、と魂を宙に吸われつつ見つめますと、女性は「まあ、薄気味の悪いひと」と家の中に逃げこんでしまいましたので、とりとめもないかんがえがわれながらばからしくなり、ふりむきもせずまた数歩ゆきますと、三つばかりの男の子がよちよちと駆け出してきて、見ますと、浴衣の上にはおったちゃんちゃんこのもようはおお、まがきに菊の崩し型です。そうだ、こんどの香炉にあのもようを描きまわすのもおもしろいであろう。たしか龍田川もようとの注文であったな。いや、おれの腕でおれが描くのに、遠慮するのも窮屈だ。師匠の言いつけ以外は、ひとの意見をきいたことのないこの籟三が、貧乏ゆえに意志をまげるのもいやなこと。しかしそうは言っても、この片意地者の兄ゆえ、世間の娘なみのこともできず、家事に追いつかわれているお蝶。妹のことを思えば、えらそうに兄の権威をふりまわすこともできないが、お蝶もなりゆきとあきらめてくれているようでもある。それはそれとして、時節がくれば、妹にもいつかは花が咲くであろう。冠木門《かぶきもん》に黒ぬりの馬車を出入りさせ、奥様とあがめられるようになってもふしぎはない。ああ、その冠木門もよいが、それよりもりっぱな人物を夫にしてやりたいもの、となにがなしに妹の将来など案じてふっと目をあげれば、いまも想像していたとおりの冠木門には「篠原辰雄」といかめしい表札がかかっています。さてもみごとな屋敷である。主人はどのようなひとで、身分はいかに、愛国の志のあるひとなら、日本古来の美術の不振や画工たちの不遇の状況を説けば、ひょっとして親身になってくれるかもしれない。と、夢にも知らないひとに望みを託すような狂気じみた心持ちにもなって、あれを思い、これを思いしながら、いつとはなしに坂ものぼっておりました。寺門を入りましたが、住職はまだ眠っているのか、読経の声も聞こえず、おのずから寂寞の世界がひろがっているところへ、松にふきつける朝風が身にしみて、なんともいえません。本堂をまわって、裏手の墓所へ向かおうと、手おけのならぶ閼伽《あかい》井のところを過ぎたとき、「入江さま、ちょっとお待ちを」

と呼び止める声に、かすかに聞き覚えがあるような気がして、ふりむきますと、男がひとり馳せよってきて、ものも言わず、大地に両手をつくのでした。あやしいこと、何者か、とあきれて立つ足もとに、身をちぢめて男が言うには、「お見忘れでしょうか。それとも人でなしの私には、声もかけたくないとお思いでしょうか。清廉潔白のあなたに対し、私は合わせる顔もありません。なんとも言葉にできぬ過ちを、後悔しぬいて改心したのですが、ひとりよがりな言い訳をしたいのではない、懺悔で罪滅ぼしをしたいのです。ほかには聞いていただく人もないこと、相弟子のよしみ、昔なじみのあなたをお見かけして、お頼みいたします」と顔もあげずに、わびるのでした。その襟足さわやかに、耳うらには黒子《ほくろ》がふたつ、それを見て、そうだ、姿こそ変わってはいるが、こやつ新次だ、と思い当たりました。師匠がとりわけ寵愛され、行く末は養子にもと心づもりされていたのを、生地の陶磁器を注文するためと称して多額の金をひきだし、そのまま行方をくらまし、師匠のご臨終にもかけつけなかった人でなし。いまごろここいらをうろつくとは不届きな、なにが相弟子だ、失礼至極と、生来の癇癖《かんぺき》を目尻にあらわし、相手の言葉に耳も貸さず、「聞きたくない。お黙りなさい。相弟子なら兄弟分だから、言うこともあり、とがめることも、責めることもあろう。だが、あんたとおれは、兄弟分でもない。他人も他人、見ず知らずじゃ。入江籟三は潔白を尊ぶ男、友などと呼んでくれるな。不愉快きわまる。そこをどいてくだされ。朝露をおいたままの花を手向けにきたのだ、しおれては困る」と言葉少なく行き過ぎようとすると、その袂をあわただしくとらえ、「それはごもっともですが、私にはあまりにもつらい。責めて下さい、とがめて下さい。おのれの罪が身にしみている私です。ご折檻の笞《しもと》にあうことが、むしろ本望ですのに、つれなく他人顔をなさるそのお言葉。昔の入江さまと、いまの入江さまは、ひとがお変わりになったのか。ふた心をお持ちなのか。いままで私が思いこんでいたのは、買いかぶりであったのか。あなたを師匠のおん身代わりとして、改心した心のまことも、謝罪の気持ちも、あなたに申し上げたいのです。それなのに、あまりによそよそしいお言葉ではありませんか」という言葉なかばに、籟三はふりかえりざま、「黙れ」と一喝しました。鬱勃たる気持ちが凝って、ついに癇癪の破裂しそうな勢い、唇をぶるぶるふるわせ、生来の口べたがいよいよたどたどしく「おのれ、新次め、人でなし、恩知らず、義理知らず、道知らず。おのれの罪を責めるならともかく、このおれを非難するのか。このおれを。この籟三は、昔もいまも、正義を立て、ひとの道にそむかず、一点のあやまちもおかしたことはない。どこに、難癖をつけるつもりだ、言ってみよ、聞こうではないか」とまなじりを決してつめより、「おのれの不忠不義も、師匠のご寵愛ゆえ、世間には知れず、知る者は師匠とおればかりだ。おれも決して言わぬと決めて十年近く、この口を開かなかったからこそ、おまえは安穏に、こうして生きながらえているのではないか。それはだれのおかげだ。たのまれずとも、折檻の笞はここにある。墓前に手向けるつもりのこの花で、打つのが相応。打ち手は籟三だが、その心は亡き師匠。くやしくば身にもしみよ、骨にしみよ」と続けざまに打ち、手にもった菊の花を投げつけ、にらみつけた目の中に、しだいに新次のすがたが入ってきました。昔ながらの端麗な顔に、いまはいっそうの品が加わり、あわれ好男子、身じろぎもせず、まぶたには後悔の涙があふれ、眉宇には慚愧の情が満ちているのを見れば、「このひとは亡き師匠がかわいがったひとだ、おれに謝りたいと深く思いこんでいる。憎むのが正しく、捨て去るのが道なのだろうか」と心が迷って、判断がゆらいだそのとき、しずかに相手が頭をあげ、これこれと述べたことをひととおり聞けば、「おれの誤りだった。あのように責めたことは短慮であり、軽率であった。このひとの罪は罪ではない。たまたまそのような道をとらざるを得なくなってしまった不幸なめぐりあわせなのだ」と思え、今度は憐れみの心をもって耳を傾けるのでした。「私はもともと私利私欲で動いたのではありません。小を捨てて大につく国利国益の策をたてたことが、そもそもの身の破滅で、思えば若さゆえのかんがえの甘さでした。腕組みをしてのかんがえと、実際に手を下すのとは雲泥の差で、世間のひとは私などよりよほど利口で、世は思いどおりにはゆかないものと、つくづく溜息をつくにつけても、正義こそひとの宝である、とようやく思い当たるようになり、先走ったかんがえがこの身から離れたのは、いよいよ無一文になったその暁のことでした。それから幾年も志をみがき、遠国他国に流浪しました結果、ふしぎにひとより立てられるようになり、少しは名前も知られ、今年ようやく故郷に錦をかざって、師匠にお目にかかろうと楽しみにしておりましたのに、師匠は泉下のひととなっておられ、松風に涙をさそわれ、袂をしぼりながら、毎朝閼伽井の水を汲んでも、それに映るお顔もないのが心残りでなりませんでした。それですから、ひとしおあなたのことがなつかしく、慕わしく思い起こされておりました。打たれてもうれしく、ののしられてもうれしく、まことの兄弟に会う心地がいたしまして、と思わずさしぐむ涙に、籟三はたちまち心を動かされ、「まずお手をあげたまえ」と助け起こし、「知らなかったので失礼をしたが、知ったいまは後悔ばかり、あけすけに言いののしったのも、悪気はなかったのです。さあ、ご墓前で仲直りしよう、気兼ねは無用です」とまことに胸の晴れたようすで、わだかまりもなく相手の手をひいて、話をします。「これも亡き師匠のお導き、きみは昔かわらぬ友で、相弟子だ。遊びにきてくれたまえ」「あなたもぜひお越し下さい。お住まいはどちらで？」「ここから遠くない如来寺前に、粗末な家をかまえていてね」「では、目と鼻の先ですね。私の家もこの坂の下で、いまは篠原と名のっています」「これは奇遇だ、では篠原辰雄殿とは、きみのことであったのか」

四

月に恨み、風に憤り、世間を悪魔の巣窟のように見て、黒い闇の中をさまよっていた感のある籟三にも、一点の光がかすかに見え、前途の希望もようやくにふくらんできました。以前の新次、いまは篠原辰雄と呼ぶ男は、昔の職人時代には、その負けん気がひとに受け入れられず、師匠の寵愛しきりとなればなるほど、かれを憎む者はあれこれと取りざたをし、傲慢とののしり、狡猾と嘲り、交際する者もまれであったのを、弱いものに味方したくなる気性の籟三が、弟のようにひいきをしていたのですが、「親の恩に倍する師匠の恩をふみにじって、金を持ち逃げするような奴であったのか、師匠も自分もかれを見損なっていたのだ」とあきらめ、なまじ恥を世間にさらすよりはと、かれこれ七、八年も包み隠していたのでした。どこかで悪人の仲間にでも入り、今頃は何に成りはてたことであろうかと、おりふしに思いだし、さすがに忘れはしなかったものの、意外にも現在は、見違えるようにりっぱな紳士となり、しかも心根の高潔さ、話し合ううちにいよいよたのもしさがまさり、墓参帰りの半日を、篠原の家に過ごして、かわるがわるに語り合い、辰雄が今までの経歴についても、よいことと悪いことを包み隠さずに話したところによれば、篠原というこの家は、なにがしという地方の金満家であったそうです。住み込んだときから、しだいに気に入られ、一人娘の婿養子になったのだといいます。しかし戸主となって二年目に、不幸にも妻もその親もともに亡くなったとのこと。さてその幾万という財産は手つかずのまま、自分が自由にするのも心苦しく、家の遠縁の者にでも譲って、身をひきたいと思ったのですが、世間はそれを受け入れてくれず、そのまま安楽な暮らしを続けてきたのでした。「地位が高まるにつれ、さまざまの計画が胸にわいてきて、実現できるかどうかもわからないのに捨てられなくなったのは、これも性なのでしょうか、社会のために東奔西走し、ここ東京に計画があって出てまいりましたが、なまじ、あちこちで名前を呼ばれ、ほめたたえられると、冷や汗の出るような心地がします。昔を思えば、大恩のある師匠に、理由はともあれ、かさねがさねの不始末をしでかし、そしらぬ顔で堂々と世渡りをするのも、日月に申し訳ない気持ち、世間をあざむくように思えてやましく、かんがえずにいても、罪の意識に夜も夜とて眠れぬこともあり、ひとの知らぬ罪というものは、かえって心苦しいものです」と心のうちを洗いざらい告白し、悪びれないようすでした。うわべばかりつくろって、腹は黒い軽薄なやからをいとう籟三の目には、よくこそ本来の善性にたちかえった、まれな立派な人間である、と感じられて、過去の過失は美玉のくもり、ぬぐいさってみれば、かえって光はまさるようなものと、すっかり心酔するようになりました。話がはずんで尽きないうちに、交際の広いひとらしく、訪問者が陸続とおとずれてきますので、「これは入江さま、ひとけのない閑静なところで、一日ゆっくりとお話をうかがいたいものです。あなたはいつもお暇でいらっしゃいますか」と問われて、籟三は「はてさて、貧乏人に余裕はない。気楽なことをおっしゃるな。ひとけのないところといえば、私のわび住まいの閑静さ、聞こえるものといえば、裏の車井のつるべの音と、表の子守歌くらいしかないのだよ。ここからならすぐだ。いつかおいでになるといい。麦めしにとろろ汁くらいのご馳走はできるから」とむぞうさに言いました。「それはそれはおうらやましい。世間のことを耳に入れず、ひとと交わらず、わずらいがなければ、胸の中はいつもすがすがしく晴れわたり、凡人の世界、俗の境涯を遠く離れて、絵筆だけに楽しみを見出すご身分、私なぞとは雲泥の差です」と辰雄が嘆息します。籟三は言葉をひきとって「なにがうらやましいものか。思うようにはなかなか描けず、仕事は世の流れには合わず、埋もれてゆく身の行く末は、伯《はく》夷《い》・叔斉《しゅくせい》か屈原《くつげん》か、底しらずの境涯だよ。世の中に出るあてなどまったくないのだ」と笑い、遠慮のない昔語りに心も晴れて、障子の外に出ますと、廊下が何度も曲がりくねった広々とした住まいです。まことにひとの運命は、水の流れに似ていると、無言でふりかえれば、にっこりと見送る辰雄の姿。ああ、できた人物だ、と心の中でほめて、はしためが直してくれる百足下駄を、いつものように恥じるでもなく喜色満面に門を出たのですが、帰宅ののちもお蝶に向かって、その話をしました。「ふだんは世間のひとを蛇蠍のようにいみきらう兄さまがほめるほどのひととは、どのような人であろう」とお蝶は会いたいというのではないけれども、喜ぶ兄の姿がうれしくて、一日おいて、二日目の夕方のこと、軒さきの榎《えのき》に日ぐらしが鳴き出したころ、手仕事をていねいにとりかたづけ、家のまわりをきれいに掃除して、せっせと門口に打ち水をしていますと、「入江さまはおいでですか」と声がして、「どなたですか」とふりかえるたすき姿のお蝶を、辰雄はなんとうつくしい、とながめるのでした。お蝶ははっとして、頬には紅の色がのぼります。なぜとも自分ではわかりませんが、「目の前にしているのは、清正公《せいしょうこう》の覚林寺に詣でたおりの、あのおひとではないか、なぜ、わが家へいらしったのか」と、波立つ胸に恋が生まれてくるのは、これからでしょうか。

五

床下でこおろぎが鳴いて、都大路にも秋が近づく八月の末、宮城の南、三田の付近に、人家を二、三十戸も買いつぶし、あらたに工事をいそいでいるのは何でしょうか。押したてた杭の面には「博愛医院建築用地」と墨痕あざやかにしるして、積み立てる煉瓦の土台に、木遣り歌の声もにぎやかになるとともに、四方に聞こえわたるのは、篠原辰雄の名です。この世の憂苦を憂苦とうちすてるのではなく、吉野紙のような人情の薄さこそなさけないと、単身勇をふるって、救世斉民の事業にのりだしたのでした。どのみち微力不肖の身であるから、倒れてのち止む、でかまわない、今日、貧民の困窮は見るにつけても、腸の断たれる思いがする、との発願でした。着飾った上流のひとびとが、埋み火にあたりながら、風流ながめ、と見る雪の日は、操ただしき貧しい女性が凍えて涙もこおるものであり、大きな屋敷に岐阜提灯をともしつらねて、風を待つ納涼の夜は、孝行な子供が蚊遣火をたきながら泣く夜でもあります。とりわけ気の毒なのは、病気のわざわいであって、名医がおり、良薬も近くにあるのに、それが求めがたく得がたいのです。天命ではなく、定業《じょうごう》でもないのに、救いうる命をみすみす失っては、妻としても子としても、その無念さはいかばかりでありましょう。生まれながらの悪人はいないものですが、窮すれば、善悪のけじめもなくなり、天を恨み、地を恨み、はてはそれが社会の秩序を乱し、ひいては国家の末をもゆるがしかねません。これを救うことこそ仁慈である、とまず資産をなげうって、とりあえず救世の事業にとりかかり、いっぽうでは富国利民の策を講じ、いっぽうでは貴顕・紳商に協力や賛助を求めることに専心するうち、徳は孤ならず、なにがしという殿、なにがしの長官などが、これに意気投合し、諸論に心が合って、ひとりからひとりに辰雄の美挙がつたわってゆきますと、徳義をもひとつの名誉と心得るひとびとが、なんとはなしにまわりに集まり、世上の評判もいよいよ高くなって、会ったことのない人も篠原の名を慕うようになり、あっぱれな慈善家として、その名を知らない者はなくなりました。籟三はかれの行い、かれの言葉を見るにつけ、聞くにつけ、交わるにつけ、睦みあうにつけ、しだいに心服し、尊敬の心はつのって、口が腐っても他人に助けは求めるまいと張っていた我《が》も、このひとの前には折れて、煩悶の心をおさえきれずに、わが画業の思わしくないことから語り起こして、言うことには「この道をふたたび盛り返したいという志は、一日たりとも忘れはしないが、現実には、なんの力もないおれの言葉など聞き入れてもらえるわけもなく、説いても物笑いになるばかり、後ろ指までさされるのがくやしいかぎりだ。おれはこの道に入って十六年、まだ一度も展覧会に出品したこともなく、自由の筆で、貧には縛られないつもりでいるが、なにしろ行動に遠慮がないものだから、問屋うけが悪く、注文も廉価な粗末な品物ばかり、これでは志にかなうわけもなく、筆のふるいようもない。憤懣やるかたなく、世の中は見る目のないやつらばかりだから、おまえらにはこれでたくさんだ、とばかりいいかげんに描きなぐって、さしたる工夫もせず、鍛錬も馬鹿らしく思えて、品物の面をよごす程度に絵をつけてやると、おれが血涙をのんで描いた品物も、俗物どもが生活のために描いた品物も、はた目にはなんの変わりもないので、口ほどにもないへたくそな画工と嘲られ、おれの名はますます落ちてしまった。日々、精進をきわめた筆、苦心惨憺してあみだした図柄も、心の中にのみあって、描くものがないという、男子たるものの一念が通らぬことのふがいなさ。世間に見る目がないのか、それともおれの不明なのか。このようなことを打ち明ける相手もなく、いつのまにか幾年もたってしまった。きみも一度は、この道に入ったひとだ。おれの思いも汲んでもらえるだろう。なにかよい知恵を貸してもらえないか」といつわりない心根をのぞかせたのでした。

辰雄はしきりに嘆息し、「私もまったく同感です。私も国家に対して同じ思いを抱いています。道義はすたれ、人情は腐り果て、これを憂い、あれを嘆いても、世の中のひとの大半は、汚れた流れに身を投じながらみずからそれと気づかず、私の味方は少なく、敵は多いのです。しかし、あくまでも諦めないところに、事は成るのではないですか。私のこの事業もようやく、幾人かの正義の士に知られるようになりました。口はばったいようではありますが、これを手本ともなさって、容れられない世間とあきらめてしまわず、渾身の力をこめた作品を作ってごらんになったら。その費用は、私がうけもちます。廉直なあなたは潔しとなさらぬかもしれませんが、それはあなたおひとりの小事。ひいては幾多の画工の眠りをさまして、国益の一助ともなることに、ためらってお れましょうや。わが国固有の磁器は、値段は安くとも、品質では英仏伊に及びません。ただ薩摩焼のみは、土質うわぐすりとも他国に例をみない、あっぱれ名誉の品であるのに、残念ながら画工に気概がなく、問屋に性根がなく、私もかねがね、こんにちの成りゆきをくやしく思っておりました。ふしぎにあなたと意見が合いましたのも、時節がきたというしるしでありましょう。いまこそ好機を外したまうな」と熱心に勧めますと、籟三は感涙にまぶたをぬらし、「何分にもよろしく頼みます」と生まれて初めての言葉を口に出しました。辰雄はそのさきは聞かず、言わさずに、「すべては私におまかせ下さい」と胸をたたきます。

何日かたって、三田の工事の音が騒々しくなるとともに、薩摩焼の画工たちの耳をそばだたせるようなことがおきました。如来寺門前のわびしい住まいにうずもれていた「慷慨先生」が長年ひそかにあたためてきた、手練のわざをいよいよ世に問おうとしている、という噂がたったのです。自分よりもすぐれたひとの足をひっぱりたくなるのが、この世界のひとびとのつねであって、陰に陽にとあれこれ批評するのですが、後ろ盾も確かな身には、かえっておかしく聞かれ、籟三はしずかに素描の筆をおろします。生地はもとより名工、沈壽官《ちんじゅかん》が丹精こめた細璺陶《さいふんとう》です。籟三がかねてからの好みで選んだのは、高さ三尺の細口の、台つき龍耳の花瓶一対でした。これから、そのおもてに百の花を乱れ咲かせて、燦然と黄金の色が輝くまでには、幾月かかることでしょうか。心はすでに未来にとび、描くべき人物や景色が眼前にうかんできて、籟三は思わずにっこりとほほえみます。王侯貴人もうらやましいとは思わぬ、世の塵から遠く離れて、天の風に遊び雲に乗る心持ち、日のたつのも忘れて仕事にあけくれたのでした。

六

ふかく恩義を感じ、その行いにも心服しているひとが、なんの隔てもなくうちとけてくれることが、お蝶にはもったいなくうれしくて、篠原という名前を知らなかったそもそものはじめから、きざしていた恋心がつのってゆくにつれ、可憐なもの思いに胸をいためるようになりました。お蝶は姿はあくまでもやさしく、萩の下露のようにはかなげで、思い決めた心を外にあらわす娘ではありませんが、いったん思いこんだら火の中水の中、この世は仮の世、仮の命であると心に定めて、ふたつの道に迷う気性ではありません。「あたしは貧しい生まれで教養もないのに、あの方は世間に敬われる身の上、結ばれるはずのない不釣り合い」と、自分を叱ってみても、思いはいよいよ断ち切りがたく、慕う心のみを友として、一生よそには嫁ぐまいとのいじらしい覚悟、それがわずかにゆらぐのは、あれこれの噂が耳に入るときでした。あの方の良い噂をきくのはまた格別にうれしいことではあれ、なにがし子爵が最愛の娘を、ぜひあの方にと申し込んだとの噂を、聞くなり胸もとどろいて、それとなく兄にたずねてみると、大丈夫だと笑って退けられてしまいます。とはいえ額三もさすがに気になったのか、次の夜に辰雄の訪問があったときに、そのことを持ち出してまことかとたずねますと、「嘘ではありません。旧大名の幾万石とかいう身分が、聞くだにわずらわしくて、五度も六度も断ったのに、いまだに仲人殿がむだ足をはこんでこられるのがおかしい」と本人はなんとも思っていないようすです。「それはなぜ、お断りになったのだ？　きみもまだ若いし、ずっと独り身でもいられないだろう。特により好みがあるならともかく、ひととおりの条件の相手なら、決められたらよいだろうに」と額三が、ひそかにかんがえるところあって言いますと、「私も独身を通そうとは思っていませんが、華族の婿になる願いはなく、姫君さまを妻にもらいたくないのです。香道、華道、茶の湯などのこころえがあり、通りいっぺんの礼儀作法が身に備わり、それなりの学問が少々あっても、なんの役にも立ちませんよ。世間の荒波にもまれたこともなく、ひとりだちしてひととつきあうこともできぬような、でくのぼうの奥方をもちこまれて、親の光に頭をさげるなど、いやなことです。私の望みは身分でも親でもなく、本人の心根ひとつ。行いが正しく、心映えがすぐれた人ならば、すぐにでもお世話ねがいたい」と、明快な言葉です。籟三は片頰に笑んで、お蝶をかえりみます。ここに来てくつろぐときの辰雄は、世に高名な人とは見えず、身内のように打ちとけての話しぶりは、ただなつかしくむつまじく、友とも親類とも思われて、籟三も手応えを感じて、あるときお蝶にほのめかしますと、妹は袂をくわえてお勝手に逃げてしまいましたけれども、そのころからいよいよ身の行いを慎み、徳をおさめることに心をつかい、木綿の着物のみすぼらしさを恥じることはなくとも、言葉づかいに、立ち居ふるまい、家計のやりくりからはじめて、世のつきあい、使用人のあしらいなどこまかにわが身をかえりみれば、まだまだ不足のことが多いと思い、世にかずかずのふしぎのあるなかにも、恋はもっともあやしいものと、おりおりに胸を波立たせ、あの方に飽きられたくない、嫌われたくない、喜ばれたい、愛されたい、と思うのでした。

どうしたら、終生かわらぬ愛を得て、自分もあの方もなに不足ない一生をまっとうできるか、と望みはしだいに高まって、さまざまの想像も湧いてくるのですが、会えてうれしければうれしいなりに、相手の言葉の裏はどうであろうと、瑣末なことをも疑い、わが身を嘆き、身を責めて、心の半ばはすでに辰雄のもの、喜怒哀楽も辰雄あってのものとなり、善も悪も、ものごとの黒白も辰雄の言葉しだいと、恋ゆえの闇に心もくもります。籟三が第三者として、迷いを捨てて眺めますと、辰雄の愛情も妹に劣らず、双方真剣な気持ちで恋しあっているものらしく、ふたりを並べれば似合いの一対とうれしく思われ、ふたりがのどかに語り合うのを聞いていると、百花の咲き乱れた園に二羽の蝶が舞うのを見る心地がします。春風がその場にふきこむように、籟三自身もうっとりとなり、右も左も喜びの中で、なんの不安もなく意気軒昂にとる筆はおのずとおどって、興はわき、唐草もよう、割もよう、縁のもよう、地つぶしのくふう、濃彩淡彩とりまぜて、まさしく畢生の大仕事、下焼き成って、またひと窯、ふた窯、三窯と焼くうちに、いつのまにか、残菊も落葉もはや霜におおわれ、煤払いの音、もちつきの声がきこえて、世間は、北風の空に松飾りのゆれる季節へとうつってゆきます。

七

送る年も来る年もめずらしいものではありませんけれども、心の持ちようが変われば、日の光もいっそうまぶしく、のぼる初日にくわえて、若水をくみあげる車井のように、めぐる世の中もおもしろく、お屠蘇《とそ》はまず年下のおまえから、と妹に杯をさすのもおかしいような、たったふたりの暮らしです。むかしの宮中の儀式をしのび、捨てずにとっておいた三段重ねの重箱の古さにひきかえ、縁側の四枚の障子は、例年のようにまだらに切り貼りをしたのではない、新しいものとなり、これもみな篠原のおかげであると、元旦早々ふたりで噂をしました。籟三は鼻柱が強く、人の恵みを受けるのを潔しとしないたちながら、いまは仕事に熱中するあまりに、その我《が》も折れて、二十円もする生地の陶器に、二十匁の金箔、ここ四、五ヶ月にかかった費用、幾度もの窯代と、たびかさなる恩をこうむった上に、しきりと心づけも送られてくるのを、そのつど断っていました。が、新年の着物にと去年送られた反物は、迷惑しごくに思い、返してはまた送られということをくりかえしたあげく、ついには「では妹の分はちょうだいしよう。自分は男だから、よい着物を着てもさほどうれしくないから」と兄妹そろいで見つくろってあるその着物の一反分を返し、残った一反を、ひとの情けを無にすまいとお蝶の晴れ着に仕立てさせて、きょう元旦、その装った姿を見ますと、ことし十八歳、番茶も出花のとしごろに、まして玉露のように馥郁と匂いやかなお蝶とあってみれば、晴れ着がさらにうつくしさをひきたて、籟三は、このなりを普段着にさせてやりたいもの、とも思うのでした。

世間は年始回りに忙しい日ですが、世捨て人の籟三にはその苦労はなく、今日一日は仕事も休みに、と肘枕をついて横になります。年始の挨拶の声がきこえて、目をさまし、「めずらしいことだ、だれか」とたずねますと、ふだんはろくに足も向けてくれぬ問屋のなにがしが、ねんごろに祝いの言葉をのべ、ながながと去年の無沙汰をわびて、これからは昵懇にお願いしますと、ひたすらに頼んでいったようす、お蝶がその通りにとりつぎますと、籟三は「はてさて、利欲にくらんだ目は、どこまで暗くなるものか。問屋の言葉は、おれへではなく、そこのご本尊にだろう」と指さすのは座敷の花瓶です。前評判が高くなったので、花瓶の出来上がらぬうちから、うちが買い取りたい、いえうちが、と問屋がせりあうように申しこんでくるのを、いちいちはねつけて、「これは今年、コロンブス博覧会に出品するつもりなのだ。なにごとも辰雄のはからいにまかせてある」と悠然とかまえておれば胸がすくようで、籟三はいよいよ大言を吐きます。その元旦の日も暮れて灯ともし頃に、辰雄が年始回りの帰りみち、交際の広い身の疲れもいとわずに、門口に梶棒をおろさせますと、新春ののどかなよろこびはさらにまさり、互いの言うこと聞くこと、いちいちにおもしろく、籟三が凧あげをした昔のことを持ち出せば、辰雄は独楽《こま》あそびのおもしろさを忘れてはいないと語り、話題はあれこれとうつって、しだいにうちとけた雰囲気になってゆきます。「いろいろの紆余曲折をへたこの身、もの心もつかなかった子どもの頃がかえってなつかしく思われます。世のこと、人のことが、あれこれ目に入って、あちらも助けたい、こちらも助けたい、と身分不相応の事業にとびこみはしたものの、力及ばずにいるのが、われながらくちおしく、涙をのむこともしばしばですが、われからまねいたことゆえ、だれに訴えるわけにもゆきません。憂鬱にこりかたまった気持ちが晴れるのは、ここにこうしてお邪魔しているときばかりですよ」とどうしたことか、いつに似げない言葉です。籟三は聞きとがめて、「それはふしぎだ。きみの博愛の徳は、上にも下にも鳴りひびいて、敬いほめぬ人もないのに、なにが不満なのだ」とたずねますと、「なにごとも言わぬが花です。お互いに話し、話されて、楽しいことならばよいけれども、私の胸にさえおさめかねる苦労を、あなたがたにお分けしたくはない。もとより正義は邪悪におされ、まっすぐなものは曲がったものに勝ちがたいのが、この世の常です。どうかお聞きくださるな。頭の中がいよいよ乱れます」とふりあおぐ顔は、気のせいか、血の気も失せて青白く、唇を嚙みしめてもの思いに沈むようすです。お蝶はたまらずに、兄の袖をそっとひきますと、籟三は少し膝をすすめて「良いことばかりを話し、話される、そうした間柄の友人はいくらもいるだろうが、喜びも悩みもともに分かちあうのが、まことの友情というものではないか。苦労話をきかされないことを喜ぶ者も、世の中にはいるか知らないが、おれも妹もそれではおもしろくない。と言っては、はなはだ不遜だが、兄弟のように思うきみのこと、ともに水火の中へも入りたい気持ちなのだ。どうか、教えてはくれまいか。承らないでは、気もおちつかず、おれよりもこのお蝶が、どれほど心細く思うことか。女は心のもちようがせまいもの、甲斐もなく、くよくよと思い悩むであろう、そうなればおれも迷惑だし、かわいそうにも思う。どうせなら同じこと、苦労を分かちあおうではないか」と心からの言葉を述べます。お蝶はものも言わずにうちしおれ、組み合わせた手をほどいたり、返したりしながら、あわれにも鼓動は高まるばかりです。辰雄ははっと気づいたように「いやはや馬鹿なことを言い出して、せっかくの楽しい雰囲気を台なしにしてしまいました。苦あれば楽あり、楽あればこそ苦もあるわけです。両者がめぐりめぐってゆくところに味があるのに、いちいち嘆いていては、たかだか五十年の寿命、身がもちませんね。お蝶さん、ご心配下さいますな。いまのはみな、酔ったうえでのたわごと、泣き上戸の言い訳、なんでもないのです。笑顔をみせて、私を安心させて下さいよ」とからからと笑って、すっかり気も晴れたようすです。ふたたびもとの話題にもどり、夜も更けてから、辰雄は帰ってゆきましたが、お蝶はいよいよ思い悩み、眠ることもならず、涙で枕が浮くようです。涙ながらに床の中でかんがえますと、

「お気の毒に、あの方の計画になにかひびでも入ったのではないかしら。相談できる友は少なく、ことを打ちこわす敵の多いこの世の中、どれほどくやしくていらっしゃることでしょう。今夜の言葉にあのお顔、かならずなにか、しさいがあるに違いない。あたしに隔てをおいて、包みかくしなさったのか、それとも心配をかけまいとしてであったのか。とにもかくにも、あたしはあの方の妻、あの方以外に夫はもたぬつもりでいる。真心を見せるのは、このような時こそ。万人うわべは同じでも、ひと皮むいて、その下の骨にきざんで忘れないまことの心が何であるか。心の底まで打ち割りあって、喜びも悩みもともにし

たいもの」と思ううちに、暁の鐘の音、新年そうそう心はおだやかならず、せわしい恋の思いに身をすりへらすのでした。三が日がすぎて七草の日に、辰雄から、誕生日の祝いもかねて新年の宴を開きたいので、ぜひお蝶さんを借りたい、という手紙が届きました。お蝶を喜ばせようとしてのことかそうでないのか、ともかく当日の衣装ひとそろい、どのような立派な席に出ても恥ずかしくない品を、心づくしの贈り物にと送ってよこしましたので、籟三も喜んで許し、お蝶もあの方のお心にそむくまいと、よそおいを凝らし、化粧をした姿は、いやがうえにもあでやかさがまさります。「ああ、どこへ出しても恥ずかしくない令嬢ぶりだ。この幸運、この身なり、亡き両親に見せたいもの」と籟三が言えば、お蝶は鏡の前で涙を流すのでした。

八

窓の外には、百花にさきがけて梅の花が咲き、ことしは鶯もやってきてさえずるにふさわしい我が家、春風のおとずれとともに、ついに作品が完成しました。四つの窯に出し入れするときのつごう八度の心配、薪の増減、煙の多少、火の色に不安をつのらせ、かすかな振動にも心をいためて、ひびが入ってはいないか、絵が流れてはいないか、金色が濁りはすまいか、絵の具が変色しはすまいかなど、種々の苦労をなめつくしたここ何ヶ月かでした。思いが思い通りにかない、出来上がった作品を新藁《しんわら》磨きにかけて、磨き出したその光沢、輝く光はわが身の光とも思われます。花瓶の上部の見切りの二本の線の間には、正面には丸形の中に龍と荒波をあしらい、そのまわりには菊と桐をとばし、それに古代唐草もようをとりあわせ、見切りの上と下には、雲形もようを境界線として、中に東大寺もよう、そのまわりの地をさや形七宝でつぶして、帯の菊丸もようはありふれていますが、なおざりにせず丹念に描きます。上が終わって、わくどりの内側には、表がわは対の金閣寺銀閣寺、裏がわには向かいあうように湊川、稲村が崎、誠心誠意をこめて、彩りをつける筆は凡庸なものではありません。わくのまわりには古薩摩ふうの秋の七草、金もようの蝶のちらし描き、地つぶしには雲ぼかし型に金梨子地を出したものと、未曾有のくふうをこらし、刻苦のあともいちじるしく、台の部分の描きつぶし、縁描きの割りもようも、「細かさが足りぬとそしるなら、そしれ。目のあるものは来て見るがいい。一《ひと》打棒《うちぼう》にも美はこもる。この籟三、不器用なりに、もてるかぎりの技量はこの作品に結実させたぞ」と誇らしく、晩酌一杯、酒気さえ加われば、心はいよいよたのしく、篠原にこのことを吹聴がてら、お蝶がまねかれた日の礼でも言おう、と家を出ようとしますと、「兄さま、ちょっとお待ちを」と妹が袖をひきます。言おう言おうとして、けっきょくためらうのを、「何か用か」ともどりかけますと、「何でもないけれど夜風も冷たいので、お風邪を召しますな」との言葉、心配りがうれしくて「それほど遅くなるつもりはない。だが、酔い覚めは油断がならないから、羽織をもう一枚着てゆこう」と、もどって縁先で重ね着をします。お蝶はその襟に手を添えて折りながら、「兄さま、たいそうお髯がのびております。新年というのに見苦しいこと」と横顔をつくづくながめますので、籟三は「なに、夜でもあるし、わかりはすまい。明るいところで、明日剃ってくれ。まずは作品もできた。これしきの成功で満足するおれではないが、祝ってもいいことだ。四、五日のうちには辰雄殿をさそいだして、三人でどこかへ行こう。その約束を、今夜してくるつもりだ。遅くはならないが、金目のものがうちにあるだけに不用心だ。門の戸をしめて待っておいで。心にかかる雲もない身には、ああ、なんと月がうつくしい」と立ち上がりますと、お蝶はその手をとって、門まで送りますと、地上に落ちる影はふたつ、そのひとつがみるみる遠ざかるのを、見送って立つ影の姿はうらがなしくて、夜風が軒端の榎にわびしい音をたてます。

むかしは他人と見ていた表札ですが、いまは弟同然の篠原の家の門をくぐり、籟三は「たのもう」「どうれ」の玄関先の挨拶もわずらわしく、かねて知っている辰雄の居間へ向かおうと、庭口の戸を押せば開きます。霜にしめった芝生はなんの足音もせず、袖垣ごしに聞こえてくる声は高くはないのですが、影は障子に二人、三人、なんの相談であろうか、聞きたいものだ、とそばだてた耳にはいる、ひとことふたことは、夢かと驚くほどに意外な内容なのでした。

「あの子爵を使って、なにがし長官に直訴させれば、きっとうまく行くだろうさ。子爵の印判は、柳橋の芸者に金をにぎらせれば、なんとでもなる。資金源は例のお大尽で、気脈はすでに通じておいた。あとは野となれ、山となれ、山師とも詐欺師ともよばれてもよい。愚者には不用な財産を、まきあげるのは世の為だ。思ってもおかしくて腹がよじれるのは、洋行帰りのあの才子どの。あれで、ものを見る目があるものやら。あの男には、入江の妹が麻酔剤に使える。このあいだの宴会で、あの娘にすっかり目尻をさげていたからな。あの頑固な兄をときふせるのが骨だが、なに、こちらの恩でがんじがらめにしてあるから、動きはとれまい。娘のほうは、箱入り娘で世間知らずだ。情の深いだけに、まるめこみやすい。元手をかけた細工はりゅうりゅう、仕上げを待つばかり。籟三という奴は思いの外に使い道のない男だが、飼っておけば何かの役には立つだろう。楠正成が使った泣き男の例もある。役に立たない人間はいない。だから広く恩をほどこしておくのも、これも仁慈のうちであろうよ」と不敵な言葉です。声の主は辰雄か、おのれ、とばかり憤然とたちあがりはしたものの、むなしく腕をさする無念さ。家内の話し声はいつしか絶えて、嚠々《りょうりょう》とうつくしい笛の音がきこえてまいりました。

九

そのひとの笑まいひとつに無限の喜びを知り、涙ひとつに万斛の憂いを汲むお蝶、形よりも濃い影のように、心はつねにそのひとの身に添うています。そのひとが端麗なおもてに悲しみをはいて、しみじみと物語るのはこのようなことでした。「あなたと私にはどのような宿世《すくせ》の定めがあったのでしょうか。ふしぎな縁《えにし》によって忘れられぬ方となり、国家のために尽くす心も半ばはあなたにとられ、ひとには言えぬもの思いをかかえる身となり、はかないことにあなたのお心も知らぬままに、天下に妻はあなた以外にないと思い決めて、子爵の娘でさえ、ふりむくどころか、にべもなく断ってしまいましたが、その小さなことがつまずきとなったとは。いえ、まことを言えば、私のやりようが悪かったのです。その子爵殿が今まで後押しをしてくれたおかげで、支出のお金にも事欠かなかったのに、事業が軌道にのりかけた今日になって、にわかに金策を破談にされました。この金が絶えては決して事業は成らず、恨みをのんでこのままひきさがることにもなりましょうか。ひとのそしりも嘲りも、あなたゆえと思えば苦しくはありませんが、世の中はどうなることでしょう。国家の末を思えば、かえすがえすも心残り、この胸ははりさけんばかりで、誰にも打ち明けられませんでした。へだてない仲のあなたにさえ、言えなかったのは、このようなわけなのです。なんとか道がないわけでもありませんが、それを申し上げるのはいよいよ心苦しい」と言いさしにする言葉がもどかしくて、お蝶は「私の気持ちを疑っていらっしゃいますの」と恨みますと、「いえ、あなたの真心がわかるだけに、苦しいのです。じつはあなたのお身の上のこと。ことが成るか成らぬかは、あなたのお心一つ、今日、賓客のひとりである有力な貴顕が、私の事業に出資してくれようと言いだしました。それはまたなにゆえ、と問いますと、ここがつらいところなのですが、あなたの噂をどうきいたものか、あなたを私の妹と思いこんで、ぜひ妻にとの所望なのです。あなたをひとにゆずっては、いかに国家のためとはいえ、とうていあきらめきれません。たとえ私がこの思いを捨てるとしても、このことを、どうして私の口からあなたにもちかけられましょう」と恋人は、断腸の面持ちです。可憐な乙女は、魂を奪われ、骨も溶けそうになり、責任はみずからがひきうけようと思うのでした。「その貴顕に身をゆるし、あなたへ心の操をたてようか。でもそれではひとの知らぬ罪をおかすことになってしまう。しかし、このあたしゆえにあなたの名まで、滅び忘れられていっては、恩を仇で返す畜生と同じこと。あの道もつらく、この道も苦しい。どうしたらよいものか」との胸のうちには、思慮分別も消えて、とるべき道は死のみと思えてくるのでした。「影があり、形のあるこの世であればこそ、障りも多く、妨げも多いもの。生まれる以前の、空《くう》の世界、無量の世界にもどって、このお蝶の身がなくなってしまえば、この方もどこへもはばかりがなくなり、あたしの思いも遂げられる。そう、これも天命にちがいない。病いで死ぬのも、恋で死ぬのも命は一つ、二度とはゆかぬ道ですもの。天地に恥じるところはない。神仏もおとがめにはなりますまい。兄さまもどうかお許し下さい。あたしも悔やむところはありません」と心はすみやかに定まり、未練はもたぬお蝶でした。あわれその身に一点の罪けがれもなく、濁りに染みることも心の乱れることもするまいと、眠る間もわすれずにつとめ、富貴をかえりみず、貧賤につけても心を磨いてきた、今年十八歳のくもりない美玉をうちくだいたのは、恋という胸の中の大魔王です。魔王はその形を辰雄に借り、声を篠原に借りて、あるときは花ひらく春風の野にお蝶を誘い、あるときは秋雲かかって月の暗い空を指さします。喜びも苦しみも袂ひとつにつつむ乙女を、魔王が引いてともなうはては、いずこでしょうか。東西南北もはや影もなく形もなく、愛らしかったふたつのえくぼもいまはいずこに。なつかしくながめられた遠山のかたちの眉もいまはいずこに。ふたつの星のような瞳も、つぼみのような唇も、ふたたび輝くことはなく、開くことはありません。漆黒の髪、雪白の肌、それももうこの世にないのです。寒風ふきつのる夜半の月の下、追ってもその姿は見えず、呼んでも答えはありません。ただひとつの形見は、一通の手紙に残した水茎のあと、そのうるわしさも涙をさそいます。

十

どっかと花瓶の前にすわり、あふれ出る熱涙をはらいもあえず、籟三の、にらみつける眼光はほのおと散って、右腕をにぎりしめ、「砕けよ、この骨、むしろ生まれながらに指が曲がり、筋が詰まっておれば、この道に志すこともなかったのに。道に入る前の昔には、なんの欲などもったであろう。なまじ、陶画の粋《すい》とよばれた亡師の画工場の中で、一の腕とたたえられたばっかりに、みずから喧伝したわけでもないのに、おのずと名が知られ、貧ゆえうずもれることのくやしさの思いが、この心にわきおこり、願うまじき名誉を願ったのはなにゆえだ。たのむべきでない人をたのんでしまったのは、なにゆえだ。食らうべきでない不義の食を口にしたのは、なにゆえだ。許すべきではない相手に、お蝶の心が傾くのを許したのはなにゆえだ。おのれ、おのれ、この腕、この芸が、おれの心をまどわし、目をくらませて、なにも見えず、なにも悟らぬうちに、今月今夜、お蝶が不幸な家出をしたのも、だれのしわざだ。長年磨いた筆ゆえに、最愛の妹を殺させてしまったか。彫心鏤骨《ちょうしんるこつ》の苦労は、おれの身に汚れを染みこませたのか。おれをあざわらった辰雄め。嘲った辰雄め。あの声は辰雄の声でも、罪はこのおれにある。交わりを断ったうえは相手の非難をせぬという君子の道なぞ知ったことか、だが、かれからうけた恵みは山より高く海より深く、無念骨髄にとおっても、恩は恩だ。かれの奸悪の計画を耳にして、聞き捨てにはできぬ。世のため、人のため、ふるうべき拳《こぶし》はここにある。秘蔵の短剣をひらめかせて、かれの胸もとをつらぬくもたやすいこと。とはいえ、無念はこの作品ゆえだ。この恩、この恵みがおれの身をしばって、ふりあげるべき刃も拳ももたないのだ。思えば恨むべきは、このおれ、この腕、この芸、この花瓶である。憎い、くやしい、仇《あだ》め、かたきめ、大悪魔め、おのれを砕いて辰雄も刺そう。おのれがなくば、恩も恵みもなくなる」と拳をかためて、つっと立ち上がり、見れば見るほど、月明かりに、浮き上がる金閣寺銀閣寺、砂子一つ、筋一本にも心のこもらぬところはなく、ましてめぐりの金梨子地は、ああ幾年の苦心の結晶でありましょうか。「描きも描いたり、われながら、あっぱれこの道の精髄をあらわし、この筆法を継ぐものがはたしてあろうか。焼き物の道に入って十七年、惜しみに惜しんだ名をここに記し、見るがよい、海外の青目玉ども、来たれ、万国の陶器画工、日本帝国の一臣民、入江籟三自慢の筆、と心に誇った満足の品を、なんとして砕くことができようか。なんとして砕くことができようぞ。とにもかくにも世に容れられない身の、一生の思い出をこれにとどめて、深山に入って世捨て人になろうか。いや、それもくちおしい。お蝶がふたたび帰ってくるものならば、辰雄に邪心がないものならば、この品も残しておくべきではあるのだが」と両手にいだいて、ためつすがめつ、恍惚とながめれば、みずからが絵の中に入ったか、あるいは絵がみずからの身に添うてきたのかと感じ入り、お蝶もなく辰雄もなく、やせ我慢もなく片意地もない境地にひたるのでした。わが身は燦然と黄金の光にかがやいて、四方からはどっと喝采の声がわきおこります。にっこりほほえめば、耳もとで、「偏屈者の籟三に、使い道はない」と聞こえてくるのは篠原の声でしょうか。おのれ、とふりあおいだ袖をとらえて、「お風邪を召しますな」とやさしい声は、お蝶がもどってきたのでしょうか。「兄さま、かしこへ、もろともに」と指さす方には、金閣寺銀閣寺、秋草の花が咲き、小蝶が飛んで、霧たちわたり、さながら花瓶の金梨子地そのままに思われます。おもしろい、おもしろい、長年水中にひそんだ龍もついに小さな池を捨て、湧き来たった雲型のうちに波の立つ丸もよう、昇り龍下り龍の丸、蝶の丸、花の丸、鳳凰の丸、おどり桐、くるい獅子、二葉葵、源氏車、槌車《つちぐるま》、ぼたん唐草、菊がら草、吉野龍田のもみじに花に、あれもうつくしく、これもうつくしく、お蝶もうつくしく、辰雄もうつくしく、中にもこのおれの筆あとのうつくしさ。これを捨ててどこにゆこう。天下万人みな、見る目もなく、見せるべきひともなく、見せる甲斐もない。おれの友はおまえ、おまえの友はおれだ。さあ、いっしょに行こうと、一対の花瓶を抱き上げて、庭石の上に投げ出せば、戛然とくだける響きに、籟三の大笑の声がかさなり、夜半の鐘の声も遠のいていって、残るは金彩陶器の片々と、一輪の月ばかりなのでした。

わかれ道

［訳・阿部和重］

上

「お京さん」

窓蓋の外からことことと羽目板を敲く音がする。

「誰？　もう寝たの、だから明日にしてほしい」

これは嘘。

「寝てたっていい、起きてあけて、傘屋の吉、俺」

やや声高にそう言う。

「やな子、こんな夜中にいったい何の用、またお餅のおねだり？」などといって笑い、さらに、

「今あける、ちょっと待って」と口にしながら仕立てかけの縫物に針どめをして立ちあがる。それは二十歳を少し過ぎた意気な女。忙しい最中のため多い髪の毛を結び髪にしており、いくらか長めの八丈の前だれと、お召縮緬の台なしな半纏を着て、さっそく沓ぬぎへ下りてゆき、格子戸に添った雨戸を開く。

「悪いね」

そう言いながらずずっと入って来るのは一寸法師とあだ名される町内の暴れ者、誰もが手を焼く傘屋の吉、年齢は十六だが一見十一か二にしかみえず、肩幅が狭くて顔は小さく、目鼻だちはきりきりと賢そうなのに、背の低さゆえ人々は嘲りそんなふうに呼称する。彼は「ごめんよ」と言って火鉢の傍へづかづかと近寄る。

「こんな火じゃお餅は焼けないわ。台所の火消壺から消炭もってきて、あんた勝手に焼いて喰べて。あたしは今夜中にこれ一枚を仕上げなきゃならない。角の質屋の旦那さんのお年始着なの」と述べて針を取ると、吉三はふふんと言ってから、

「あの禿げにはもったいない代物だ。そのお初穂、まず俺が袖を通してやろう」と返す。

「馬鹿言わないで。人の仕立下ろしを着ると出世できないって言うわ。その歳でわざわざ出世を諦めるつもり？　そんなこと、よその家でもしちゃ駄目」といちおう注意しても、

「どうせ俺なんか出世とは無縁だ、人の物だろうが何だろうが、着てやるだけで充分さ。あなたは以前こう言ったね、運がむいてきたら俺に糸織の着物をこしらえてくれるって。本当？」などと真面目な顔つきで聞かれてしまう。

「ええ、きっと喜んでこしらえるわよ、そうなれたらいくらでも。だけどあたしを見て、こんな格好で禿げ旦那の着物だとかを縫ってなきゃいけない身の上よ。そんな願い、夢のなかでしか叶えてあげられそうにない」

そう言って笑ってみたら、

「いいんだ、出来ない時にこしらえてくれなんて無理は言わない。そりゃもちろん運の向いた時の話さ。俺は約束だけでも満足だよ。こんな野郎が糸織ぞろ

えを着たところで冗談にもならないしね」と彼は淋しそうに笑う。

「なら吉ちゃん、あんたが偉くなった時には私にも何かいいことしてくれる？その約束も決めとかなきゃね」勇気づけようとしてそんなふうに述べ、微笑むが、

「生憎、俺は間違っても出世なんかしない」などと返されてしまい、「何故？何故よ」と聞いてみても、

「何故でもさ。どこぞの誰かにうまい話をもちかけられたって、俺はこのままを望むよ。此処にこうしているのが好いし、傘屋の油引きが一番好い。どうせ生まれた頃から盲縞の筒袖と三尺の出立ちだ、渋買いの時にでもくすねた銭で、吹き矢一本当たりを取って丁度の男さ。あなたはもとが立派な人だというから、今に幸運が馬車に乗ってお迎えにあがりますよ。だけど妾になるとかそんなふうに言いたいわけじゃあないぜ、誤解しないで」と、彼は火なぶりをしながら自身の素性を歎くのみ。

「そうね、馬車の代わりに火の車でも来るのよ、胸を焦がすことばかりだか

ら」そう言ってお京はものさしを杖に振り返り、吉三の顔をただ見据えてみるほかない。

いつも通り台所から炭を持ち出し、「姉さん喰べないか」ときくが、お京は「いいえ」と頭を振る。

「なら俺ひとりで戴こうかな。まったくうちのけち野郎、ぐだぐだ小言ばかり言いくさりやがって、人使いをまるで心得ちゃいない。死んだ婆さんはああじゃなかった、今度の奴等ときたら一人もまともに話せやしねえ。お京さん、うちの半次さん印象どう？　ひどく厭味な感じだし、お調子者の馬鹿じゃないか。親方の倅だとはいえ、俺はあいつが主人だとはとても信じられない。ことあるごとに喧嘩ふっかけて黙らせてやるんだけれどなかなか爽快だよ」などとしゃべりながら金網の上にのせた餅をつまみ、「おお、熱い熱い」と指先を吹いて喰べはじめる。

「俺はどうもあなたを他人だとは思えないんだがどういうわけだろう。お京さん、あなたに弟はいないの？」

「あたしは一人っ子。兄弟姉妹は一人もいない。だから弟も妹ももってないわ」

「そうかなあ、それじゃあやっぱり何でもないらしいな。何処からかこう、あなたみたいな人が俺の真の姉さんだとか言って出てきちゃったら最高だね。俺はもう首っ玉にかじりついてそれっきり死んじまってもはしゃぎまわってるくらいだ。本当に俺は木の股からでも生まれちまったのか、親類らしいやつにお目にかかったことすらありゃしない。だから幾度も幾度も考えては、俺はこのさき一生誰にも逢えないくらいなら今のうちにあの世へ行っちまった方が気楽だと考えるがね。それでも欲が尽きないからおかしい。ひょっくり変てこな夢なんか見ちゃってね、ふだん優しいことの一つも言ってくれる人がおふくろや親父や姉さんや兄さんみたいに思えちまって、もうちょっと人生つづけてみようか、もう一年も生きていたら誰か本当のことを話してくれるかも知れない、とか思って楽しみながら、つまんない油引きをやっているけれど、俺みたいな変ちくりんがほかにも世間にいやがるのかね、お京さん、おふくろも親父もからっきし当てがないんだよ。親なしで生まれて来る子がいる？　まったく不思議でならないよ、俺は」

　そんなふうに彼は、焼きあがった餅を両手でたたき、いつもながらの口癖の、心細さを繰り返す。

「でもあんた、笹づる錦の守り袋とか、証拠の品は無いの？　どこかに手掛かりくらいならありそうなものだけど」

　そんなお京の言葉を打ち消して、

「何、そんな気の利いたものはありそうにないね。生まれてすぐさま橋のたもとの貸赤子へ直行したんだなんて朋輩の奴等が悪口を言ってやがるんだが、もしかするとそうかも知れない。そしたら俺は乞食のガキだ。おふくろも親父も乞食なのかも。襤褸を下げて表を通りやがる奴がやっぱり俺の親戚か何かで、毎朝必ずもの貰いに来るびっこめっかちのあの婆あだとかが俺の家族ということだって大いにあり得る。話さないでもあなたは大方ご存じなんだろうが、いまの仕事に就く前は、俺は案の定、角兵衛の獅子かぶって銭乞い歩いてたんだから」とうちひしがれ、さらに、

「お京さん、俺が本当に乞食の子ならあなたはもうかわいがってはくれないし、振り向いてもくれないだろうね」などと言われたため、

「冗談言わないで。あんたがどんな人の子でどんな身分か知らないけれど、嫌がるも嫌がらないもない。さっきからいつものあんたらしくない情けないことばかり言ってるけれど、仮にあたしがあんたの身なら非人でも乞食でも全然構いはしない。親が無くても兄弟がどうでも自分ひとり出世すれば文句ない。何故そんな意気地なしを言うの」と励ませば、

「俺は絶対に駄目だ、何にもしたくない」と返して彼は俯き、顔を見せようともしない。

中

いまは亡き傘屋の先代に、太っ腹のお松という一代で身上を築きあげた、女相撲とりのような老婆がおり、六年前の冬のこと、寺参りの帰りに角兵衛一座

の子どもを拾ってきた。

「いいよ、親方ががやかましく言ってきたらそれはそれだわ。かわいそうにねえ、足が痛くて歩けないというのに、朋輩の意地悪どもが置き去りに捨てて行ったと言うんだわ。そんなところへ帰る必要あるもんか。ちっともおっかないことなんかないからあたしん家におりなさい。みんなも心配することない。何、こんなちっこい子の二人や三人くらい、台所へ板を並べておまんま喰べさせるのに文句あるもんか。判証文を取った奴でもどこぞへ逃げ失せちまう者もいれば持ち逃げする吝な奴もいる。了簡次第のものだわな。いわば馬には乗ってみろさ。役に立つか立たないかは、置いてみなけりゃわからんわね。おまえ、新網へ帰るのが嫌なら、此処を死に場所ときめて精出さなきゃならないよ、しっかりやっておくれ」

　そう言い含められた吉三は、「吉や、吉や」となにかと心遣いを受け、いまや油引きとして、大人三人前を一手に引き受けて鼻歌まじりにやってのけるほどの腕前となり、さすがに人を見る眼は確かだと、誰もが亡き老婆をほめたもの。

恩ある人は二年目に亡くなり、いまの主人もお内儀さんも息子の半次も気にくわない者ばかりだけれど、此処を死に場所ときめているので厭といっても何処かほかへ行くわけにはゆかない。癇癪のために筋骨つまった身だとでもいうのか、人から、一寸法師、一寸法師、と誹られるのも口惜しいのに、「吉よ、てめえは親の命日に腥せえもん喰っただろう。ざまあ見ろ、廻り廻りの小仏め」と朋輩の鼻たれ連中に仕事上での仇を返され、鉄拳ではり倒す勇気はあれ、実際父母がいつ亡くなり、いつを精進日とすればいいのかわからず心細く感じては、干場の傘の陰に隠れて大地を枕に仰向けに寝て、こぼれる涙をのみこむ悲しさ。四季を通して油びかりのするめくら縞の筒袖を振り、火の玉のようなガキだと町内で煙たがられる乱暴も、誰も慰めてくれぬ胸苦しさのあまり、仮にも優しく言葉をかけてくれる人がいれば、しがみついて離れがたく思うだろう。

仕事屋のお京は今年の春からこの裏へと越して来た者だけれど、物事に気才

が利き、長屋の住人らとのつきあいもよろしく、大家なので傘屋の者へは殊更愛想がよく、

「小僧さんたち、着るものがほころびたらあたしん家へ持ってきて。お家は大人数だし、お内儀さんだって針なんかお持ちになる暇もないでしょ。あたしはいつも仕事柄、畳紙を手放せない身だからね、ほんの一針縫うくらいわけないわ。一人住まいで話相手もなく毎日毎晩さびしくって暮らしているの。手すきの時は遊びにもきてよ。あたしはこんなながらがらした気性だから、吉ちゃんみたいな暴れん坊さんが大好き。癇癪がおこった時には表の米屋の白犬をぶっつもりで、あたしん家の洗濯物、光沢出しの小槌で、砧うちでもやりにおいでよ。それならあんたも人に憎まれないしあたしの方でも大助かり。ほんとに一石二鳥よ」などと冗談まじりに口にして、いつであっても心安い。

「お京さん、お京さん」と入浸るのを職人どもはからかって、

「帯屋の大将とはあべこべだ、桂川の幕が出る時はお半の背中に長右衛門」と唄わせて、

「あの帯の上へちょこんと乗って出るか、こいつは滑稽、好い茶番だぜ」などと笑われると、

「男なら真似てみろ。仕事屋の家へ行き、茶棚の奥の菓子鉢の中に今日は何がいくつあるかまで知ってるのは、おそらく俺のほかにはいないさ。質屋の禿げめ、お京さんに惚れこみやがって、仕事を頼むの何がどうしたのと小うるさく纏わりついちゃあ、前だれの半襟の帯っ皮のとつけ届けたりしてご機嫌とってやがるが、いまだ一度も喜んだ挨拶をされてすらいない。ましてや夜でも夜中でも、傘屋の吉が来たとさえ言や寝間着のまんまで格子戸あけて、今日は一日遊びに来なかったのね、どうかしたの？　心配しちゃった、とか言われて手を取られて引き入れられる者がほかにいるもんかね。お気の毒なこったが、独活の大木なんざ役に立ちゃしない、山椒は小粒で珍重される」と偉ぶって言う。

「この野郎め」と言って背中を酷くたたかれても、

「ありがとうございます」と澄まし顔。人並みの背丈なら、冗談であっても許されまいが、所詮は一寸法師の生意気と爪はじきにあい、好い嬲りものとして

煙草休みの話の種となるほかない。

下

十二月三十日の夜、吉三は坂上の得意先へ注文の品が期限に遅れたのを詫びにゆき、帰りは懐に手を入れ急ぎ足、草履下駄の先にぶつかるものを面白そうに蹴りながら、ころころと転がるのを左右に追いかけては大溝の中に蹴り落とし、一人からからの高笑い、その声を聞く者もなく、月明かりが皓々と地上を照らすのも、寒さ知らずの身だからただ心地よく爽やかに感じ、帰りは例の窓を敲いてと目算しながら横町を曲がると、いきなりあとから追いかけてきた何者かが両手で目隠しをして忍び笑い、「誰、誰」とその指を撫でてみる。

「何だ、お京さんか。小指のまむしでピンときた。おどかしたって駄目だよ」

そう言って振り向くと、

「憎らしい、当てられちゃった」と笑う声。

お京は高祖頭巾を目深にかぶり、風通お召の羽織姿。いつもと異なる良い身なりを、吉三は上から下まで眺めまわし、

「姉さん、何処行って来た？　今日明日は忙しくて飯喰う暇すらありゃしないと言ってたはずだ。何処へ呼ばれてきたのさ」と不審がるので、

「取越しのお年始よ」とひとまず知らんぷり。

「嘘いってるぜ。三十日の年始を受ける家は無い。親類を訪ねたとでもいうのか？」

「そう親類、しかもとんでもないところ。あたし明日、あの裏から引っ越すわ。あんまりだしぬけだから吃驚でしょ。あたしだってちょっと不意のことなんでまだ信じられないの。でも喜んで、悪いことじゃないのよ」

「本当か？　本当か？」

吉三は呆然となり、

「嘘、冗談、そんなことを言って驚かすことない。俺はあなたがいなくなったら絶望する、そんな厭な冗談は御免だ。まったくつまらんことを言う人だな」

と口にして頭を振る。

「嘘じゃないの。前にあんたが言った通り、幸運が馬車に乗ってお迎えに来ちゃったからあそこの裏にはいられないの。吉ちゃん、糸織のそろえをこしらえてあげられるわ、夢の話じゃなく」

「厭だ、俺はいらない。お京姉さん、その幸運、くだらん処へ行くという話じゃないのか？　一昨日うちの半次さんが言ってやがったぞ。仕事屋のお京さんは八百屋横町で按摩をしているおじさんの口入れでどこかのお邸へご奉公に出るんだそうだ、なに、お小間使いという年頃ではないし、奥様のお側仕えやお縫物師のわけはない、三つ輪に結って総の下がった被布を着るお妾さんになるに違いない、どうしてあの美人が仕事屋で一生通せるもんか、と、こんなふうに言ってやがった。俺はそんなことはないと思うから、間違いだろうと言って大喧嘩をしたんだけれど、あなたはもしや、そこへ行くんじゃないか？　そのお邸へ行くんだろう！」

そんなふうに問われても、

「あたしだってそんなに行きたいわけじゃない、だけど行かなきゃならないの。吉ちゃん、あんたにもう会えなくなるのね」とただ答えるのみであり、それがしょんぼり聞こえるので、

「どんな出世か知らねえが、そこへ行くのはやめたらいい。女ひとりの暮らしくらい、針仕事でやってゆけないこともなかろう。あれほど器用な手つきでいながら何故つまらない、そんなことはじめちまったのか。あんまり情けないじゃないか」と吉三は、我が身の潔白に比べつつ、

「やめ、やめ、断ろう」と言ってみるが、

「困ったわね」とお京は立ち止まり、

「ねえ吉ちゃん、あたしは洗い張りに飽きちゃって、もうお妾でも何でもいい、どうせこんなつまらないことづくめだから、いっそのこと腐れ縮緬着物で派手に暮らしちゃおうと思ってるの」などと思い切ったことを自分でもわからぬままに言い、ほほと笑って、

「ともかくうちへ行こう、吉ちゃん、ねえ早く」と誘ってはみたものの吉三は、

「何だかね、俺は全然面白くない。姉さんまあ先へゆきなよ」と後ろを歩き、地面に長くのびた影法師を心細げに踏んで行く。

いつしか傘屋の路地を入り、お京の部屋のいつもの窓下に立つと、「ここへ毎晩訪ねてくれたわね、だけど明日の晩はもうあんたの声も聞けない。世の中ってやなもんね」

お京はそう言ってため息をつく。

「それはあなたの気持ち次第だと思うけど」

不満そうに吉三は言う。

お京は部屋に入るとランプに火をともし、火鉢を掻きおこして、「吉ちゃん、あたりなよ」と声をかけるが、

「結構」と吉三は柱際に立ったままでいる。

「寒いし、風邪ひくから」と気遣っても、

「ひくといいね。構うことない」と下を向く。

「あんたどうかした？　何だかおかしいわね。私に腹立ててるの？　それなら

はっきり言って。黙ってそんな顔をしていられると気になって仕方がない」

「気にしないでくれ、俺も傘屋の吉三だ、女の世話にはならない」

そう言ってよりかかっている柱で背中をこすりながら、

「すべて最低だ。俺はまったく不運すぎる。いろんな人がちょっと好い顔を見せるとすぐにつまらないことになっちまうんだ。傘屋の先代の婆さんも優しかったし、紺屋のお絹さんという縮れっ毛の姉さんも可愛がってくれたけれど、婆さんは中風で死ぬわ、お絹さんは嫁に行くのが嫌で裏の井戸に身投げするわ、碌なことになりゃしない。あなたは不人情で俺を捨てて行くし、もう何もかも最低だ。何が傘屋の油引きだ、百人前の仕事をしたところで褒美の一つも貰えはしないし、朝から晩まで一寸法師と言われっぱなし、かといって一生かかってもこの背が伸びる保証もない。待てば甘露だと？　ふざけるな！　俺なんかは毎日毎日頭にくることしか起きやがらねえんだ！　一昨日だって半次の馬鹿と大喧嘩をやらかして、お京さんだけは人の妾にでるような腸の腐った人じゃないとさんざん言い張ってやったってのに、五日と経たぬうちに降参だ。そんな嘘っつきの、ごまかしの、欲の深いあなたを姉さん同様に思っていたのが口惜しい。もうお京さん、あなたには逢わないよ。どうしても逢わないよ。長々お世話様、ここからお礼を申します。勝手にしやがれ、もう誰のことも当てにするもんか、あばよ」と言って立ちあがり、沓ぬぎへ下りて草履下駄を引っ掛けるのを見て、

「いや吉ちゃん、それあんた勘違いよ。何もあたしがここを離れるからってあんたを見捨てたりしない。あたしはほんとに弟だと思ってるのに、そんな愛想づかしは酷い」と背後から羽がいじめに抱き止めて、

「気の早い子」と諭すと、

「じゃあ妾はやめにする?」と振り返りながら聞かれ、

「誰だって好きで行くところじゃないけれど、あたしはもう決心したの、やめないわ、折角だけどもう変えられないの」とお京は返す。

　そんなふうに言われた吉三は、涙で潤む眼をむけて、なす術なくこう口にする。

「お京さん、お願いだ、どうかこの手を放してください」

訳者後書き

『たけくらべ』体感記

松浦理英子

1

樋口一葉の作品は『たけくらべ』に尽きると思う。『にごりえ』も悪くないが、あとは『たけくらべ』と同等の面白さを期待して読むと落胆する、というのが正直な感想である。こう書くからには、私には一葉という作家に対する格別の思い入れはないのであり、数多くの一葉愛読者、研究者が熱心に一葉を語り持ち上げるさまを目にすると、何やら別世界の出来事を見るような思いに囚われたりもするのであるが、しかし、『たけくらべ』一作から受ける強い印象は、作品にどっぷりと身を浸して愉しむだけではすまず、「一葉はなぜこんな作品を書いたのだろう」という埒もない疑問まで呼び起こすほどのものだ。今回『文藝』編集部から、『たけくらべ』の口語訳を、という話が持ち込まれた時にわりあい簡単に引き受けたのは、この作品を一語一句読み文語を口語に移し換えて行く作業によって、より深くこの作品に身を浸すことができるのではないか、ただ読んでいるばかりでは得られないような新しい愉しさを味わえるのではないか、と予感したからにほかならない。

2

動機がそういうものだから、訳すにあたっては、この作品があたかも初めから口語文で書かれたかのように見える訳文にすることは、全く考えなかった。基本的には文語の文脈を生かして忠実に訳すことを心がけたが、ただし、文語では潜伏してしまう主辞や繋辞等を補うのはもちろん、作品が書かれた当時の習俗にかかわる事柄等で説明があった方がわかりやすい箇所に、文章の調子が崩れないと思われる場合に限り、原文にはない説明の一節を加えたり、あるいは何かことばを足した方が訳文の勢いが原文に近くなると感じられた部分には、文意をあまり変えない範囲で原文にないことばを足したりはしている（例：第一章、原文「胡粉ぬりくり彩色のある田楽みるよう」→訳文「胡粉をぬりたくったのはまるで色をつけた田楽を見るよう」）。

3

樋口一葉の著作と銘打って刊行されている本の中でも、集英社文庫のように独自に原文の表記を改変して、改行や句読点をふやし科白を鉤括弧でくくった物がある。

周知の通り、一葉の作品では句点の数が極端に少ない。普通センテンスが一つ終われば句点を打つのだが、一葉はそういう基準では句点を打たず読点で繋いで行く。改行も極端に少ない。これにはどうやら一葉流の基準がないではないようで、『たけくらべ』の叙述のスタイルは、作者一葉が超越的な視点から物語のナレーションをしている部分と、視点がぐっと下りて来て起こっている出来事を同時進行的に写し挿評も挟まれない部分に分けられるが、その境目で句点が打たれたり改行がされたりする傾向が一つある。あるいは、ナレーションの対象となっている時期や人物が変わる時にも句点や改行が顕われる。だが、この基準が全編にわたって採用されているかと言えばそうではなくて、ことに後半になると句点と改行がふえ、基準はあるにはあるけれども、厳密には守られず、その時々の気分で句点と改行が顕われている風に見えもするのである。

また、読点の打ちかたにしても、一葉は意味上の切れ目よりも文章の律動感に則って読点を打って行く。読点によって促される通りの呼吸で読んで行って文章の律動感に乗ることは、『たけくらべ』を読む大きな愉しみの一つに違いない。この律動感はもちろん口語訳をすると原文のものとは違ってしまい、どうせ違ってしまうのならば、作品中所々にある意味を追って行く際には少々わかり辛くて躓く箇所くらいには読点を補う、という選択肢もあったのだが、口語訳でどれだけ原文の律動感を残せるか、もしくは原文の律動感を推測させることができるかためしてみたい、という意欲が私にはあったので、その選択肢は採らず、あえて原文に従った。

同様に句点もいっさいつけ足さなかったのだが、これは律動感の問題のほかに、句点を滅多に打たないことで生まれる、ことばがぞろぞろ蠢きながら繰り出される感じが、作品における吉原界隈という舞台の、喧騒、猥雑さ、性的な空気といった過剰な雰囲気を表わすのにも、また、そういう空間の中で特権的にキャッチされ紹介される少年少女の声が、大人たちのつくり出す過剰なざわめきの内にやがては吸収され聞かれなくなってしまう過程を表わすのにも、たいへんにふさわしいと思えるからでもある。

会話部分に鉤括弧を振らなかった理由もまさにそこにあり、一つには『たけくらべ』の中での会話は、少年の科白は直接話法で書かれる場合が多く鉤括弧でくることが容易なのだけれども、少女を含めてそれ以外の人物の科白は直接話法と間接話法が混ざり合っていて、一括してくれないという事情もあるにはあるのだが、それにも増して、特権的にキャッチされ紹介される少年少女の科白もすべて、吉原界隈のざわめきとともに聞こえて来るものとすれば、視覚的にも、鉤括弧でくくって彼等彼女等の声を独立させるよりも、ざわめき立つ地の文のことばたちとの境目を設けず、連なりを保たせておく方が似つかわしいと思うためである。少なく見積もっても、『たけくらべ』の文章のもたらす効果の半分は、句点が少ないことと会話部分に鉤括弧がないことに負っている、と私は考える。

改行、句読点、鉤括弧の問題は以上のような方針で処理したのだが、この方針には思わぬ落とし穴があった。改行、鉤括弧はともかく、現在ではまず見られない一葉式の句読点の打ちかただと、誤植が起きるのである。原稿の間違いだと思われて、校閲者のチェックが入るのはいいとして、印刷所のオペレーターも、無理もないことだが、打ち込んで行く際にいつもの習慣で、意味上のセンテンスの後に句点を打ってしまったりすることがあるようだ。ちゃんとゲラ刷りのチェックはしたつもりだったが、なぜか雑誌に掲載された物では五六箇所、私の意図ではない読点が加わっている所があった。あきらかに私自身が、うっかり訳の原則を忘れて読点を増減させた所も三箇所あったが、いずれも本書のゲラでは訂正したので、おそらくすべての句読点は一葉の原文と同じように打たれているはずである（底本としたのは主に角川文庫、しかし他の文庫の表記に従った所もある）。

それにしても、現代の作家が一葉のように、改行を控え句点を読点に置き換え会話部分に何らかの印を施さない原稿を渡したら、すでに名をなした作家ならともかく、新人はまず通常の体裁に直すよう編集者に求められるのではないだろうか。それを思うと、この百年の間に私たちは表面的な読みやすさやわかりやすさに重きを置くようになって、どれほど一葉的なものと隔たってしまったことか、と溜息が出る。

4

一葉が小説に手を染める以前の、明治二十年前後から文学の世界では言文一致運動が起こり、口語体の文章の文末を「です／ます」にするか「だ」にするか「である」にするか、ということで随分試行錯誤があったようで、一葉も最晩年の明治二十九年に発表した唯一の言文一致体の作品『この子』では、「です／ます」体を採用している。なぜ一葉が「です／ます」体を採用したのか、また二十四歳で没するのではなく長生きをしていたら、はたして口語文の小説に本格的に移行したかどうか、そして移行したとしたら文末の語尾をどのように処理したか、ということについて専門家がどのような意見を持っているのか知らない。

私はこうしたことに関して論陣を張る用意はないのだけれども、一葉が『この子』で「です／ます」体を用いたのはちょっとした過ちだったと思っている。

口語文に可能な文末の中で、「だ」体は論外として、「です／ます」体はどうもいかがわしい。現在でも「です／ます」体と「である」体を比較して、「です／ます」体がより女性的、「である」体がより男性的、といった印象が持たれることが少なくないようだが、明治二十年代が言文一致運動とともに標準語教育が始まり、さらには女性教育の始まった時期であることを考えると、この時期に近代の女性像が捏造されると同時に、「です／ます」体が女性的なものを表象するものとして女性たちに押しつけられたのではないか、と私は疑っている。一葉も一瞬そうした時代の波に呑まれたのだ、と。

そう考えるのは、私が「である」体が男性的で「です／ます」体が女性的である、という思考を断じて認めない地点から文章を書き始めた人間であるからかも知れない。「である」体にも「です／ます」体にも本来性別はないはずである。だから一葉が長生きしたとすれば、「である」と書くことには大した抵抗を感じなかったのではないか、と推測して今回の訳では「である」体を用いた。ただし、一葉は「である」体に抵抗は覚えなかったとしても、何か「である」体と「です／ます」体の対比はもちろん、一般的な文語文と口語文の対比を突き破るようなエクリチュールを、長生きしていたら編み出していたかも知れない、と思えなくもないが、そこは保留にしておきたい。

5

文末に関して最も気になったのは、「き」や「けり」といった過去の回想を表わす助動詞と、「つ」や「ぬ」といった完了を表わす助動詞であった。機械的に訳していても、先に見た通り句点や改行のきっかけとなる「ぬ」はともかく、長々と連なって行く文章の途中に顕われる「き」は、その硬い響きと言いぶっきらぼうな短さと言い、出喰わすたびに収まりの悪さを覚え、一葉に向かってここは本当に「き」でいいのかと訊きたくなるような物であった。一葉自身もこの「き」の荒々しさを殺ぐために原則的には「き」の後に句点を打たないようにしたとも考えられる。

その「き」を単純に口語に置き換えるなら「た」とか「だった」になるのだが、やはり長々とした文章の途中に「た」や「だった」があるのはどうしても気持ちが悪い。そこで「た」や「だった」の荒々しさを和らげ、文章が連なって行く感じを強めるために、「(た) もの」とか「(た) こと」ということばを補ってみたのだが (全部にではない)、文意の上では問題はないと思うものの、そういうことばをつけ加えてはたして忠実な訳と言えるかどうか心もとない。

訳とは直接関連しないことだがもう一つ、「3」で少々触れた通り、『たけくらべ』の後半では「ぬ」と句点と改行が頻出する。しかし、最終段階で使われているのは「き」と「けり」であり、さらに最後の意味上のセンテンスの述語である動詞は「伝え聞く」という現在形 (終止形) である。細かいニュアンスを私は明快には説明できない。けれども、連続的に顕われる「ぬ」から「き」及び「けり」への転調、最後の最後に使われる現在形 (しかもセンテンスは倒置形になっており、読者が最後の最後に読むことばではない)、一葉のこの時間の操りかたに、私たちが『たけくらべ』を読み終えた直後に異様とも言える感動を覚える原因があるような気がしている。

＊

最後に、この本を手にした読者で『たけくらべ』の原文を読んだことのない方には、是非とも原文にも目を通されることを勧めておきたい。文庫本も各社から出ている。

「2」で述べたように、集英社文庫は原文の句読点、改行等を大幅に変えてあって、作品を鑑賞するには適当ではないと感じるが、註釈は集英社版がいちばんたくさんつけられていて便利なので、これを辞書として一冊、それから鑑賞用にもう一冊、そのような改変をしていない社の版を買うといいのではないだろうか。

ともあれ私は今回の『たけくらべ』口語訳を大いに愉しんだ。ひどい誤訳がなければ幸いである。

訳者後書き

おそろしきは、涙の後の女子心なり

藤沢周

一葉はおそらく自らの小説に対して、何の期待もしていなかっただろう。『やみ夜』現代語訳を終えて最初に思ったのがそれだ。

修辞学として源氏古典のパスティーシュを自覚しているのはもちろんだが、それらのレトリックに比して、その底にある文章のクールさや、描写されるごとに増幅していく作品世界に対しての距離感に異様な感触を覚えた。

この作家は自分の作品を愛していない。

そんなことを思いながら、ひたすらマックに明治二七年の一葉のヴァリエーションを打ち込んだ。下谷龍泉寺町から本郷丸山福山町に転居して再び文学に専念することを決意した頃の作品だが、一葉はしかし、小説よりももっとクールでソリッドで孤独な女だ。

「今清少よむらさきよと、はやし立てる。誠は心なしの、いかなる底意ありてともしらず。我れをただ女子と斗見るよりのすさび。されば其評のとり所なきこと云々」

一葉の小説を露伴、緑雨、鷗外が「三人冗語」(雑誌「めさまし草」、明治二九年五月)という文芸評で「此人にまことの詩人という称をおくることを惜まざるなり」と評した時に、一葉が日記に記した文章だ。ここにある一葉の想念のコンプレックス。あるいは凍った炎――。

「やみ夜」は、広大な邸に住む松川蘭という、世間とまったく没交渉の若い女が主人公の、一種の復讐譚である。蘭の父親は生前、波崎漂という衆議院議員と「水魚の交わり」を結んでいて、やがて男を蘭の婿に迎えるという約束も交わしている。だが、波崎の策略か、父親は自殺という形で死に、蘭もまるで誠意を見せない男に対して憎悪を募らせていく。亡き父の志を継ぐために、自分に想いを寄せる青年を使嗾し、かつての恋人である波崎を暗殺しようと企むというのが、この作品のストーリーだ。

一葉自身、父が生前約束していた婚約者がいて、父の死後、樋口家に残された負債の多さに男が婚約を破棄したという経験を持っていることがこの作品のモチーフになっていることに、私はあまり関心がない。というか、皆無だ。何よりもすべて文章が語るからだ。つまり、一葉の「人生」ではなく、一葉そのものが語る。

『やみ夜』のあまりに粗末なストーリーや貧しい主題が、何故こうして不穏な作品、しかもさりげなく冷ややかなものとして形象化されたのか。むろん、結末の救いのなさに象徴されるようにリアリズムで締めて、それまでの温度や湿度を感じさせていた話のトーンを一気に底冷えさせる反転ぶりもある。だが、『やみ夜』を綴っている時の、一葉の姿勢と指先のようなものが見える、見えさせているということが関与しているように思えてならない。

一人称と三人称の混濁は現代小説でもある。また超越的な視点でナレーションが入るのも通俗的に小説ではありえる。だが、冒頭の「取まわしたる邸の広さは幾ばく坪とか聞えて」と語り手の声で始まり、そのリズムのまま、蘭という女がいつのまにか配置され、直次郎という男が配置される。小説の進行と同時にキャラクターが登場し動き出すのは当然なのだが、いつまで経っても——それは一人称で書かれていても——、小説からナレーションの声が消えない。そして、小説中の時制とはまったく関係のない位相にいる女の呟きのようなものが息を（影を）静かに吹きかけているのを感じさせるのだ。

どこかで見たことのある風景だ。

たとえば、幼女がやっている人形遊び、あるいは分裂病を癒すために行う箱庭療法。

「取まわしたる邸」を作る。その庭に父親が入水した「古池」を作る。そのさらに奥にある蘭の部屋を作る。一葉は上から見入る。ポソポソと喋り出す。邸の大門前で直次郎が車にはねられる。直次郎を表わす駒を倒して、一葉は頬杖をつく。微笑む。車は蘭の復讐相手の波崎漂。とりあえず、波崎は箱の外にやって、直次郎を邸の中に横たえる……。

どの駒をどう動かそうが同じ。ヒロインやヒーローの運命はすでに決められている。ただ、より残酷なルートを通るように女は考え、頬杖をつき、煙管をふかす。また、唇に笑みを溜めながら、白い指を動かして駒を動かす。直次郎を蘭の部屋に入れる。そして、一葉がふと我に返り、目を上げれば、「此人にまことの詩人という称を……」である。いや、それとも直次郎が障子戸を開けて部屋に入ってくる姿かも知れない。むろん、天井があるはずのそこでは一葉の目がじっと見下ろしている。さらにその一葉を見下ろしている一葉、さらに……。


女であることの拒否と、女であることの執着の振幅を苛烈に生きた女は、絶対にヒロインには同化しない。一葉その人が小説以上に、女、であるからだ。

一葉にとってはおそらく文学は女の手遊びだったろう。だからこそ、怖いのだ。男だろうが、女だろうが、その運命はどうでもいい。そして、小説は生まれるのである。

おそろしきは涙の後の女子心なり。

訳者後書き
オペラの醍醐味

井辻朱美

一葉の作品は、子どものころに、少女世界文学全集で読んだ。そのときの印象は……うーん、「貧乏！」のひとことだった。「貧乏ゆえに人は悲劇に陥る」というテーマしか、私には抽出できなかった。お金持ちの奥様になったお関は、お金ゆえに不和な夫のもとへ帰っていくし、『大つごもり』のお峰もわずかなお金ゆえせっぱつまって盗みを働く。美登利だって、お金ゆえに遊女の暮らしに入っていく……んだよね。

その「貧乏」の運命に黙って頭をさげて耐えていく女主人公たちは、少女の私の目から見てふがいなかった。時代背景だと言ってしまえばそれまでだが、あまり気色のよい生き方ではなかった。でも、私がその本をあまり読み返さなかったかと言えば、そうでもない。大好きというほどではなかったが、けっこう読み返して、愛読書ではあった。

たぶんその理由は、出てくる男になんだか無頼な魅力があったからだ。家族からは困りもの扱いをされているのに、お峰の盗みの罪をひっかぶってくれる放蕩者の坊ちゃんが、私は好きだったし、偶然、里帰りのお関の車をひいた、幼なじみの録さんは、初恋のお関を忘れかねてグレながら身を落としてゆく、ちょっとバイロン風な悪党で、ビターな魅力があった。

今回まわってきた『うもれ木』も、幼い私には、かなりインパクトがあったものだ。畢生の大作の花瓶をみずからたたきわった偏屈者の兄が、月光に散乱するかけらを見つめて呵々大笑するラストは、挿し絵とあいまって心に残っている。この傲慢にして絢爛たる兄の存在感がすごくて、美人で善人の妹はやっぱり影が薄かった。

「うもれ木……えーと、美人の妹が陶芸家のお兄さんのために何かをして、それで死ぬんでしたよねえ」と私は電話で言った。

そして、初めて原文で読んだ『うもれ木』。なんと私の好みじゃないか。この悪党の篠原というのがこたえられない。もっとも、一葉の書き方では、ほんとうに詐欺師なんだか、あるいは酒席で偽悪家を気取ってほらを吹いていた部分だけを、籟三が耳に入れたのか、どちらともつかない。私の感じでは、物語冒頭のヒーローぶりもふくめて、後者に思えるのだが、それにしても、墓地でいきなり、音信不通のかつての兄弟子をひきとめ、土下座しての大懺悔におよぶシーンからして、えらいハッタリなというか、黙阿弥の芝居みたいなというか、刹那刹那のおのれに酔ってしまえるドン・ジョヴァンニみたいなというか、とにかく読者の度肝を抜いて魅力的である。

『うもれ木』はまさに何シーンかの絵面で構成される、劇画的作品だ。篠原が雑踏の中で高利貸しから老婆を救う颯爽たるシーン、墓地での大時代な葛藤と和解、籟三のあばら家でのお蝶との再会、偏屈な兄・男気のある美男子（の悪党）・可憐な少女の織りなす三角形、特に正月の籟三家を訪れた篠原が白皙の顔に憂いを見せてお蝶の胸をとどろかすシーンなど、やっぱり作者は女性だなあと思う。女性から見て、ロマンティックな男性というものをよく描いている。兄の籟三のいっこくぶりも、この兄となら苦労できると思わせる惚れた書きぶりだし、篠原にまつわる影の部分は、もう舌なめずって書いているとしか思えない。それとともに、これだけ「濃い」男たちを描いた明治女性の一葉はすごいと思う。

まるでイタリア・オペラだな、と思いながら訳していた。オペラというのは概ね「ソプラノと寝たいと思っているテノールがバリトンに邪魔される話」だそうだが、これは「テノールとバリトンの板挟みになったソプラノが勝手に死ぬ話」かもしれない。

訳者後書き

『わかれ道』の大きな謎

阿部和重

はたして「訳者」とは誰のことを指すのか？　はっきりいって私はいまでも、自分が樋口一葉の『わかれ道』を「現代語」に翻訳したという気がしない。翻訳過程において、私は単に媒介経路の一端にすぎないのだから。とはいえ、責任回避したいわけではない。

今回の場合は、下訳と新潮文庫版とを媒介しつつ、いくつか自分なりの訳語をあてはめた。あるいはこの本におさめられた「現代語訳」版『わかれ道』には、どちらかといえば——数年前に話題になった——「超訳」に相当している箇所もあるかもしれない。極端に奇抜な訳を施したわけではないし、いかにも

「現代風」の語彙を用いたわけでもないのだが、原文の意味からするとかなり不適切なのかもしれぬ改変が行われているのも確かだ。詳しいことはここには書かないが、いくらか出鱈目な訳文には違いない。あえて――「現代風」に――言えば、これは『わかれ道』の「現代語訳」というより、適度な「リミックス」なのかもしれないと、あまり意味のない自己正当化をしておこう。そんなわけで、いうまでもなくこの訳文に職人的な正確さを求めても無駄である。

もっとも、作業を開始した当初は、原文を容赦なく解体し、露骨に『わかれ道――阿部和重バージョン』としてしまおうかと思ってもいたのだが、結局それは避けたつもりだ。理由は、『わかれ道』という作品が単にいい小説だと感じられたので、その雰囲気をあまり壊したくはなくなったからである。どこがいいのかというと、ごく大雑把にいえば、お京と吉三の微妙な関係が、物語を構成する各要素の緊密な結びつきと、これまた微妙な文体により、明確に描かれている点だ。私は特に、お京が吉三を「羽がひじめに抱き止め」、さらにそこで吉三がお京に「お京さん後生だから此肩の手を放しておくんなさい」と口にして締めくくられる物語の最後の場面が気に入っている。端的に私はこうした場面に弱い。そのような場面の有する独特な雰囲気が、私の「現代語訳」を介した結果、いささか変容してしまうのは止むを得まいが、できればその部分がより強調された作品となっていれば幸いである。

　ともあれ、樋口一葉『わかれ道』の「現代語訳」という作業を進めてゆくなかで生じた一つの大きな疑問が、いまも頭から離れない。それは、この物語はいったい誰が語っているのか？　という謎である。

本書は、二〇〇四年一二月、文庫本として小社より刊行された『たけくらべ　現代語訳・樋口一葉』から「たけくらべ」「やみ夜」「うもれ木」「わかれ道」を収録したものです。

初出

「たけくらべ」「文藝」一九九六年秋季号、後に『現代語訳・樋口一葉　たけくらべ』（一九九六年、河出書房新社刊）に収録

「やみ夜」『現代語訳・樋口一葉　十三夜他』（一九九七年、河出書房新社刊）

「うもれ木」『現代語訳・樋口一葉　闇桜／ゆく雲他』（一九九七年、河出書房新社刊）

「わかれ道」『現代語訳・樋口一葉　十三夜他』（一九九七年、河出書房新社刊）

・原書刊行時に使われていた言葉（単語）については、時代性をかんがみ、そのままとした箇所があります。

・翻訳協力　千田かをり

たけくらべ

現代語《げんだいご》訳《やく》・樋口一葉《ひぐちいちよう》

二〇二三年 四 月一〇日 初版印刷
二〇二三年 四 月二〇日 初版発行

訳 者 松浦理英子《まつうらりえこ》 藤沢周《ふじさわしゅう》
井辻朱美《いつじあけみ》 阿部和重《あべかずしげ》

発行者 小野寺優
発行所 株式会社河出書房新社
〒一五一-〇〇五一
東京都渋谷区千駄ヶ谷二-三二-二
電話〇三-三四〇四-八六一一（編集）
〇三-三四〇四-一二〇一（営業）
https://www.kawade.co.jp/

ロゴ・表紙デザイン 粟津潔
本文フォーマット 佐々木暁
印刷・製本 中央精版印刷株式会社

Printed in Japan ISBN978-4-309-41885-8

ナチュラル・ウーマン

松浦理英子　40847-7

「私、あなたを抱きしめた時、生まれて初めて自分が女だと感じたの」——二人の女性の至純の愛と実験的な性を描いた異色の傑作が、待望の新装版で甦る。

親指Pの修業時代　上

松浦理英子　40792-0

無邪気で平凡な女子大生、一実。眠りから目覚めると彼女の右足の親指はペニスになっていた。驚くべき奇想とユーモラスな語り口でベストセラーとなった衝撃の作品が待望の新装版に！

親指Pの修業時代　下

松浦理英子　40793-7

性的に特殊な事情を持つ人々が集まる見せ物一座“フラワー・ショー”に参加した一実。果して親指Ｐの行く末は？　文学とセクシャリティの関係を変えた決定的名作が待望の新装版に！

雪闇

藤沢周　40831-6

十年ぶりに帰った故郷の空気に、俺は狼狽えた——「仕事」のため再び訪れた新潟の港町。競売物件を巡り男は奔走する。疾走する三味線の音、ロシアの女性・エレーナ。藤沢周の最高傑作！

ブエノスアイレス午前零時

藤沢周　41324-2

雪深き地方のホテル。古いダンスホール。孤独な青年カザマは盲目の老嬢ミツコをタンゴに誘い……リリカル・ハードボイルドな芥川賞受賞の名作。森田剛主演、行定勲演出で舞台化！

あの蝶は、蝶に似ている

藤沢周　41503-1

鎌倉のあばら屋で暮らす作家・寒河江。不埒な人……女の囁きが脳裏に響く時、作家の生は、日常を彷徨い出す。狂っているのは、世界か、私か——『ブエノスアイレス午前零時』から十九年、新たなる代表作！

須賀敦子が選んだ日本の名作

須賀敦子〔編〕 41786-8

須賀の編訳・解説で60年代イタリアで刊行された『日本現代文学選』から、とりわけ愛した樋口一葉や森鷗外、庄野潤三等の作品13篇を収録。解説は日本人にとっても日本文学への見事な誘いとなっている。

漱石入門

石原千秋 41477-5

６つの重要テーマ（次男坊、長男、主婦、自我、神経衰弱、セクシュアリティー）から、漱石文学の豊潤な読みへと読者をいざなう。漱石をこれから読む人にも、かなり読み込んでいる人にも。

夏目漱石、読んじゃえば？

奥泉光 41606-9

『吾輩は猫である』は全部読まなくていい！『坊っちゃん』はコミュ障主人公⁉『それから』に仕掛けられた謎を解こう！ 漱石を愛してやまない作家・奥泉光が、名作を面白く読む方法、伝授します。

先生と僕　夏目漱石を囲む人々　青春篇

香日ゆら 41649-6

夏目漱石の生涯と、正岡子規・中村是公・高浜虚子・寺田寅彦ら友人・門下・家族との交流を描く傑作四コママンガ！「青春篇」には漱石の学生時代から教師時代、ロンドン留学、作家デビューまでを収録。

先生と僕　夏目漱石を囲む人々　作家篇

香日ゆら 41657-1

漱石を慕う人々で今日も夏目家はにぎやか。木曜会誕生から修善寺の大患、内田百閒・中勘助・芥川龍之介ら若き才能の登場、そして最期の日へ——。友人門下との交遊を通して描く珠玉の四コマ漱石伝完結篇。

復員殺人事件

坂口安吾 41702-8

昭和二十二年、倉田家に異様な復員兵が帰還した。その翌晩、殺人事件が。五年前の轢死事件との関連は？ その後の殺人事件は？ 名匠・高木彬光が書き継いだ、『不連続殺人事件』に匹敵する推理長篇。

心霊殺人事件

坂口安吾 41670-0

傑作推理長篇「不連続殺人事件」の作家の、珠玉の推理短篇全十作。「投手殺人事件」「南京虫殺人事件」「能面の秘密」など、多彩。「アンゴウ」は泣けます。

愛と苦悩の手紙

太宰治　亀井勝一郎〔編〕 41691-5

太宰治の戦中、戦後、自死に至るまでの手紙を収録。先輩、友人、後輩に。含羞と直情と親愛。既刊の小山清編の戦中篇と併せて味読ください。

太宰治の手紙

太宰治　小山清〔編〕 41616-8

太宰治が、戦前に師、友人、縁者などに送った百通の手紙。井伏鱒二、亀井勝一郎、木山捷平らへの書簡を収録。赤裸々な、本音と優しさとダメさかげんが如実に伝わる、心温まる一級資料。

太宰よ！　45人の追悼文集

河出書房新社編集部〔編〕 41614-4

井伏鱒二の弔辞をはじめ、坂口安吾、檀一雄、石川淳、田中英光ら同時代の作家や評論家、編集者、友人、家族など四十五人の追悼文を厳選収録。太宰の死を悼み、人となりに想いを馳せる一冊。

鷗外の恋　舞姫エリスの真実

六草いちか 41740-0

予期せぬことが切っ掛けでスタートした「舞姫」エリスのモデル探し。文豪・森鷗外がデビュー小説に秘めた、日本文学最大の謎がいま、明かされる！　謎解き「舞姫」、待望の文庫化。

文豪のきもの

近藤富枝 41724-0

文豪たちは、作品のなかでどのようにきものを描き、また自身は何を着ていたのか。樋口一葉、永井荷風、谷崎潤一郎、夏目漱石などのきもの愛を、当時の服飾文化や時代背景をもとに探る。

著訳者名の後の数字はISBNコードです。頭に「978-4-309」を付け、お近くの書店にてご注文下さい。